I SEGRETI DI

# ACQUA MORTA

FABIO GEDA - MARCO MAGNONE

I SEGRETI DI

# ACQUA MORTA

DELITTO AL LAGO

Illustrazioni di Marta Bertello

MONDADORI

www.ragazzimondadori.it


Pubblicato per accordo con Grandi & Associati, Milano
Prima edizione agosto 2021
Stampato presso ELCOGRAF S.p.A.
Via Mondadori, 15 – Verona
Printed in Italy
ISBN 978-88-04-73900-5

*Ragazzi qualsiasi. Questo siamo.*

*Non una banda e nemmeno grandi amici.*

*A dirla tutta, in comune abbiamo solo due cose.*

*La prima è Acquamorta, il nostro mondo: da una parte il lago e le isole, dall'altra i boschi incorniciati dalle montagne, entrambi scuri, senza fondo, gelosi dei loro segreti. In mezzo ci siamo noi e c'è il paese, incastrato in un'insenatura tanto stretta che l'acqua non si muove mai, nemmeno durante i temporali.*

*La seconda è Orfeo, il nipote del nostro insegnante delle elementari, il maestro Leone. Orfeo aveva quindici anni e una grande passione per la pesca. Appena poteva saliva sulla sua barca, salutava tutti e puntava il centro del lago. Passare ore in silenzio, schiacciati tra acqua e cielo, a noi sembrava una noia mortale, ma lui diceva che era come respirare. In più voleva sempre aggiustare le cose o le persone che si rompevano, tanto per usura quanto per crudeltà. Anche se erano faccende che non lo riguardavano, anche se sembrava impossibile rimettere tutto a posto, lui non era capace di far finta di niente. Così come non sapeva accettare che chi le aveva rotte, le cose o le persone, la facesse franca. Per questo tutti ad Acquamorta gli volevamo bene.*

*Un giorno però è cambiato tutto.*

*Perché Orfeo da una delle gite a pescare sul lago non è più tornato.*

*Per quanto l'abbiano cercato, per quanto il maestro Leone non riuscisse a darsi pace e continuasse a insistere per proseguire le ricerche, nessuno ha trovato la più piccola traccia di lui o della barca. Spariti, come non fossero mai esistiti. Ma Orfeo non solo è esistito. Anche se non sappiamo dove, da qualche parte c'è ancora. Infatti da quel momento ha iniziato a parlarci.*

*Non a parole.*

*Attraverso visioni.*

*Immagini che ci entrano nella testa.*

*Come sogni, ma da svegli.*

*All'inizio ognuno di noi, pensando di essere l'unico a vedere certe cose, temeva di essere sul punto di impazzire. Poi abbiamo scoperto che accadeva anche agli altri: così ci siamo trovati, ci siamo riconosciuti, e alla fine abbiamo capito.*

*È il modo di Orfeo per continuare ad aggiustare le cose, risolvere misteri, riparare torti, combattere ingiustizie. Usando noi – che abbiamo solo dodici anni – come fossimo le sue gambe, le sue braccia, la sua testa, il suo cuore.*

# 1

# RACHELE E MERLINO

Appena si inoltrarono nel bosco, Merlino, un Haflinger marrone, nitrì di sollievo. Era la fine di agosto, faceva caldo, e finalmente, dopo una lunga galoppata, i larici che dalle colline s'inerpicavano verso le montagne offrivano ombra e fresco. «Hai sete?» chiese Rachele al cavallo, facendolo nitrire di nuovo. «Ora ti faccio bere.» Si sistemò uno degli auricolari bluetooth nell'orecchio destro, l'altro nella tasca della camicetta, e con uno strappo alle redini lo indirizzò tra gli alberi seguendo il rumore dell'acqua. Poco distante scorreva un torrente, il Tarvisio, che lì, ai margini di una radura, era largo un paio di metri e profondo non più di una spanna.

Dopo che Merlino si fu dissetato, sbuffando e sventolando la coda e la criniera albine, Rachele lo condusse verso il punto in cui partiva il loro sentiero segreto, una traccia che non conosceva nessun altro e che s'infilava nel fitto del bosco passando dietro una vecchia edicola votiva dedicata a San Rocco. Suo padre le aveva raccontato che era stata costruita nel Seicento per proteggere la popolazione locale da una pestilenza. La potente intercessione del santo avrebbe ottenuto dal cielo la guarigione che la scienza umana si dimostrava incapace di operare.

La gente ci ficcava dentro di tutto: candele, foto di persone, fiori, ma anche carte dei Pokémon, tappi di bottiglia e bicchierini pieni di liquidi misteriosi. La statuetta del santo era sporca di ruggine. Gli occhi e le mani, soprattutto, erano rigati, come stessero sanguinando. Durante le passeggiate a cavallo, Rachele non mancava mai di fermarsi a vedere se qualcuno avesse aggiunto qualcosa. Poi ci girava attorno, nelle orecchie una playlist che aveva chiamato Brividi, e lasciava che Merlino seguisse al passo quella strada che ormai lui conosceva a memoria, senza bisogno che Rachele lo indirizzasse. Così lei poteva godersi la cavalcata lasciandosi trasportare in quello che era, senza dubbio, il loro giro preferito.

Da quando, a furia di insistere, Rachele aveva convinto i genitori a regalarle un cavallo, Merlino era diventato il suo unico pensiero; avrebbe trascorso al maneggio ogni secondo, a strigliarlo con le brusche o a provare diversi tipi di martingala. L'unica cosa su cui aveva ceduto era stato quello: avevano alloggiato Merlino presso il maneggio di San Basilio mentre lei avrebbe voluto tenerlo a casa. Ma per quanto la villa del Settecento in cui la famiglia Petri abitava da cinque generazioni avesse un giardino enorme, la costruzione di una stalla non era stata presa in considerazione. Un po' perché il cavallo avrebbe tolto spazio ai fiori di cui sua madre era tanto orgogliosa, e magari se li sarebbe mangiati. Un po' per la puzza di letame. «Un cavallo ne produce dieci chili al giorno» aveva detto la mamma. «Anche di più.»

Arrivarono nel tratto più interno del bosco, dove gli alberi erano tanto vecchi e grandi e i rami così fitti da far passare pochissima luce anche in pieno giorno. Merlino continuava ad avanzare a memoria e lei muoveva il mento a tempo di musica, il naso all'insù e un ciuffo di capelli biondi sfuggiti al casco da equitazione che le ciondolava sulla fronte. Per un istante Rachele pensò che così doveva essere la vita: con il mondo che le scorreva attorno, senza intoppi, solo per lei.

Ma fu un attimo.

Merlino si arrestò di colpo con una violenza tale che Rachele fu quasi sbalzata via. Riuscì a restare in sella aggrappandosi al collo dell'animale. «Calma, calma...» disse all'Haflinger, che di solito era tranquillo e obbediente e ora, invece, continuava a nitrire e a scalciare. Lavorando di gambe e redini riuscì a placarlo. Poi sollevò lo sguardo e li vide, al centro del sentiero.

Uno spettacolo orrendo.

Il grosso esemplare di cinghiale adulto giaceva immobile. Era privo di vita. Come privi di vita apparivano tre cuccioli, riversi poco lontano. Altri due si trascinavano incerti sulle zampe lasciando partire inconsolabili grugniti in cui si mescolavano dolore e disperazione.

Rachele si tolse l'auricolare e spense la musica. Smontò da cavallo attirata dalla morte come una falena dalla luce. Fece un passo, un altro. Non osò muoverne un terzo.

Il cinghiale adulto era una femmina. Aveva le pupille opache e cieche, e dalla bocca le colava una bava schiumosa. Rachele non ebbe cuore di guardare i cuccioli. Anche perché, dei due ancora in vita, proprio in quel momento uno si accasciò, mentre l'altro gli si avvicinava, toccandolo con il grugno perché non lo lasciasse solo. Rachele indietreggiò. L'orrore e la pena presero il sopravvento sulla curiosità. Risalì in groppa a Merlino, lo fece voltare, e parlandogli come se potesse capire lo lanciò attraverso il lariceto, a tutta velocità. Non voleva altro che uscire da quel bosco il prima possibile.

Riflettendo su ciò che aveva appena visto si chiese cosa fosse capitato, di cosa fossero morti. Non erano stati di certo i cacciatori. Le tornò in mente la bava schiumosa. Sembrava piuttosto una qualche malattia. Sfilando sotto i rami bassi degli alberi, in vista dei prati, Rachele era talmente immersa in quei pensieri che non si accorse che Merlino si stava comportando in modo strano: galoppava a strattoni, rallentava, quindi accelerava di nuovo, indeciso o distratto da qualcosa che solo lui percepiva. Lei lo incitò perché tenesse un'andatura regolare. «Non è il momento di fare i capricci.» Il cavallo pasticciò con il trotto, mancando il ritmo.

«Merlino...»

Mentre lavorava con le staffe, Rachele udì un suono alle sue spalle. Si voltò verso l'intrico di alberi, scuro in un modo particolare. Si chiese cosa fosse stato, ma non vide nulla. Forse si era sbagliata. Si concentrò di nuovo sul cavallo, ma eccolo, ancora: una specie di mugolio. Rachele percepì il fiato umido del bosco solleticarle la nuca e per un istante ebbe l'impressione che un'ombra percorresse le chiome dei larici facendo tremare le foglie.

Incitò il cavallo, che partì di scatto, al galoppo. Ma non avevano ancora raggiunto i campi coltivati quando quella bestia meravigliosa inciampò, stramazzando al suolo. Rachele venne sbalzata sul sentiero. Batté la spalla strappandosi una manica della camicetta. Subito si tirò su, girandosi su un fianco, stordita. Merlino era riverso a terra. Rachele urlò il suo nome in un misto di preghiera e imprecazione e scattò in piedi, lo raggiunse e gli s'inginocchiò di fianco, accarezzandogli la testa.

«Cos'hai... cosa c'è?»

Il cavallo emise un nitrito affaticato, fragile come Rachele non l'aveva mai sentito.

«Merlino alzati... Io... Alzati, ho detto. Adesso!» Le tremava la voce.

L'animale muoveva le zampe, scalciando come corresse nel sonno. Provò a tirarlo per le redini ma ormai respirava pesante, come una palla che si sgonfia.

Con la mano tremante Rachele recuperò il cellulare, finito a terra nella caduta. Non appena toccò lo schermo si accorse che non c'era campo. Provò a spostarsi, ma niente. Le mosche le ronzavano nelle orecchie e il sudore le colava lungo il collo. Poi guardò verso il fondo del sentiero, dove il bosco diradava in direzione di San Basilio, e senza esitare si lanciò in una corsa scomposta, tenendo il telefono davanti a sé come una bussola. Quando, ormai prossima all'edicola votiva, comparve una tacca, Rachele si fermò. Mentre riprendeva fiato, piegata in due, scorse la rubrica in cerca del numero del veterinario del maneggio, un uomo segaligno che le aveva detto di chiamarlo, se serviva, in qualsiasi momento, ma una voce registrata gracchiò che il cellulare era spento o non raggiungibile. Tra i preferiti cercò allora il numero della madre. L'icona, un bicchiere di spritz con una fetta di arancia, non le era mai sembrata tanto stupida.

"Rispondi!" pensò cercando di contenere il panico. "Rispondi!"

2

# LIAQAT E I BUDDHA DI BAMIYAN

Liaqat, Cloro e Chupachups erano appollaiati su una panchina sul lungolago di San Basilio in attesa di qualcosa che spezzasse la noia di quella torrida giornata estiva, quando un ragazzino biondiccio fu tanto sciocco da passargli davanti in skateboard.

«Ehi, tu» disse Cloro. «Aspetta un attimo.» Saltò giù dalla panchina e senza dargli il tempo di reagire lo bloccò e si impadronì dello skate. «Fa' un po' vedere.» Strisciò un dito sul teschio al centro della decorazione. «Guarda che roba.»

Chupachups, che in realtà si chiamava Loredana, scartò un lecca lecca, lo infilò in bocca e gettò a terra la carta che lo avvolgeva. «Niente male» disse. «Roba di classe. Hai visto, Liaqat?»

Liaqat annuì senza alzarsi. Era arrivato in Italia dall'Afghanistan, lui, qualche anno prima, con il fratello maggiore Hassan cui era stato affidato. I genitori erano morti nell'Hazarajat in un attentato fuori da un ospedale. La gente di solito non gli dava dodici anni. Ne dimostrava di più. Un po' perché era fisicamente più atletico dei suoi coetanei e un po' per l'espressione del viso: non sorrideva mai e gli occhi dal taglio orientale gli donavano un alone di mistero. Non sapevi mai cosa stesse pensando. Per tutti questi motivi Cloro e Chupachups gli si erano incollati dal primo momento in cui lo avevano adocchiato all'ingresso delle scuole medie.

«Potrei riaverlo adesso?» domandò il ragazzino biondiccio.

«*Potrei riaverlo adesso...*» gli fece il verso Cloro. «*Potrei? Potrei?*»

«Hai fretta?» chiese Liaqat.

Chupachups, le braccia larghe e il bastoncino del lecca lecca che le spuntava tra le labbra, si mise a ruotare su se stessa con la grazia di un leone marino.

«I miei mi stanno aspettando.»

«Dove sono?» chiese Liaqat.

«Sono... Eccoli!» Il biondiccio alzò un braccio e gesticolò in direzione di un dehors.

Liaqat scrutò con attenzione. «Mi prendi in giro?»

«Ma no. Lo giuro. Sono lì. Mi...»

«Be', vai, non preoccuparti. Te lo portiamo noi tra dieci minuti.»

Il biondiccio impallidì ancora di più, anzi più che sbiancare diventò grigio: sembrava avesse annusato le scarpe di Cloro. «Ma... ma... non...»

«Vuoi una parola? Ti compro un vocabolario?»

«Io... mi... mi...»

«Oh, questo ha un calo di zuccheri. Chupa, fai qualcosa.»

Chupachups, in equilibrio precario sullo skateboard, offrì al ragazzino il lecca lecca che aveva in bocca, ma senza degnarlo di uno sguardo. Era concentrata sulla tavola e sulle proprie scarpe da ginnastica viola che stentavano a mantenere la presa. Infatti d'un tratto si sbilanciò. Lo skateboard schizzò via come una saetta. Lei crollò a terra battendo il gomito destro.

Il ragazzino biondiccio ne approfittò per correre a recuperare la tavola.

Cloro stava per inseguirlo, ma Liaqat lo trattenne acchiappandolo per la maglietta. «Lascia stare» disse. Poi, senza preoccuparsi oltre di Chupachups che si rotolava ululando per il dolore, controllò l'ora sul telefono e disse: «Io vado. Ci vediamo domani».

«Dove vai?» chiese Cloro.

«Ho da fare.»

E non aggiunse altro.

Passò dal retro del vecchio mulino. Attraversò il parcheggio dell'agenzia immobiliare, prese per i vicoli della zona vecchia di San Basilio, quelli che conducevano al porticciolo, e sbucò in piazza Garibaldi. Sotto l'insegna LIBRERIA DEI DUE MONDI vide Marta che tirava su la saracinesca.

«Ehilà!»

Marta si voltò. Gli sorrise. «Ho una cosa da mostrarti...»

All'interno della libreria, la più vecchia del paese (e anche l'unica), d'estate c'erano sempre quattro o cinque gradi in meno. Ogni cosa, lì dentro, aveva su Liaqat l'effetto di una carezza sulla pelle nuda: i muri spessi, le piante rampicanti attorcigliate alle finestre, i mobili enormi, colmi di libri, che creavano nicchie e cantucci ombrosi, anche la corrente che si formava tra la porta d'ingresso sulla piazza e quella sul retro, che dava sul cortile interno.

Liaqat andò a sedersi sullo sgabello. «Cos'è?»

Sulla scrivania di legno che faceva da bancone c'erano alcuni spessi libri fotografici. «Guarda un po' qua...» disse Marta mettendogliene uno proprio sotto il naso. Lo aprì a colpo sicuro, usando un segnalibro che aveva lasciato all'interno. «Ecco...» Indicò la pagina destra.

Una grande foto color seppia mostrava due statue enormi scolpite nella roccia. Due Buddha. Uno più maestoso, alto cinquantacinque metri, l'altro poco più piccolo. Avevano vegliato sulla valle del Bamiyan per quindici secoli finché la furia dei fondamentalisti non li aveva fatti saltare in aria. Liaqat era sempre alla ricerca di nuove immagini della sua terra. Quella in cui era nato e in cui avevano vissuto i suoi genitori. Suo padre era proprio originario di Bamiyan.

«Da bambino ci giocava» disse a Marta. «Ho come un ricordo. Lui che mi mostra il buco nella montagna che conteneva i Buddha. Mi disse di esserci entrato...»

«Nel buco?»

«Nei Buddha. Dentro le statue.»

Marta annuì. «Doveva essere un posto bellissimo.»

Liaqat sfogliò le pagine: panorami mozzafiato, valli, cime innevate, campi di papaveri. Restò lì un po', mentre Marta metteva in ordine i libri. Lesse ogni didascalia con voracità, come se tra le parole si potessero nascondere segreti che lo riguardavano. Poi, arrivato alla fine, lo richiuse, e un altro volume attirò la sua attenzione.

Era dedicato al lago, a com'era cambiato nel corso del tempo. Liaqat era affascinato anche da quello, dal trascorrere del tempo, dal mutare delle cose. In alcune pagine si vedeva la zona del Borgo Nuovo di Acquamorta, dove adesso abitavano lui e il fratello, mentre il loro palazzo era in costruzione. Altre erano ancora più antiche. Borgo Nuovo non esisteva, i boschi sembravano più fitti, e attorno al lago c'erano solo le ville signorili, il Borgo Vecchio di Acquamorta, con la chiesa e piazza delle Erbe, alcune cascine isolate, il ponte Tiberio, il ponte romano tra Acquamorta e San Basilio, e lungo la costa, a nord, in lontananza, le grotte di Pompilio, dove adesso attraccava il battello. C'erano anche delle foto scattate all'interno delle grotte, ma Liaqat passò oltre velocemente, perché lui gli spazi chiusi non li poteva proprio sopportare. Nemmeno in fotografia.

Dopo aver finito di sfogliare il libro, lo richiuse con una gentilezza che riservava solo a Marta, quindi raggiunse un anfratto con un cuscino gettato a terra, vicino alla porta sul retro, su cui pioveva una luce morbida filtrata dalle tende. Aprì il terzo volume della saga *La torre nera*, che aveva abbandonato il giorno prima, e iniziò a leggere.

# 3

# NADIA E IL PARCO

Il parco acquatico occupava la punta di un dito di terra che, a partire dalla costa meridionale, si allungava dentro il lago per un paio di chilometri. Aveva un vasca gigante con idromassaggio, due piscine con le onde, di cui una per i bambini piccoli, e diversi scivoli. La piscina lineare era attraversata da una corrente costante che impediva di stare fermi, ma la vera attrazione era il tubo, uno scivolo che ti scaraventava direttamente nel lago da un'altezza di otto metri. I più piccoli lo guardavano come si guarda una casa infestata dagli spettri, e allo stesso modo ne erano attratti.

Una volta un bambino di sette anni c'era entrato di nascosto e l'impatto con l'acqua era stato tanto violento da farlo svenire. Tre bagnini si erano tuffati per salvarlo e comunque quasi ci restava secco. Non c'era da scherzare, con il tubo. A memoria comune, la bambina più piccola che lo avesse mai usato era stata Nadia, la figlia dei guardiani del parco. All'epoca pare avesse sei anni e tre mesi. Ma per alcuni era solo una delle tante leggende sorte attorno alla più famosa attrazione del parco.

Quel giorno c'era un sacco di gente, turisti stranieri e residenti, e nell'aria il solito odore di crema solare, pollo fritto e frullato alla fragola. Il pollo fritto del parco, cucinato secondo un'antica ricetta sinti, era famoso in tutto il bacino. Il suo sapore, un misto di erbe e oli aromatici, era irresistibile, e nonostante le persone impiegassero settimane a digerirlo sembravano non averne mai abbastanza.

La ricetta arrivava dalla nonna di Nadia. Era lei a occuparsi del chiosco. Il padre, il signor Casadio, gestiva l'impianto e la sicurezza notturna. La madre la biglietteria.

Nadia invece, be', lei andava in giro. Dava una mano quando serviva, e di tanto in tanto si tuffava dal trampolino basso o dalla piattaforma da cinque metri; i frequentatori più assidui la conoscevano bene e le chiedevano spesso di esibirsi. Nadia lo adorava. Faceva parte della squadra di tuffi di Riva del Lago. La sua specialità era la piattaforma da dieci metri e sognava di far parte della squadra olimpica.

Quel giorno il parco era così pieno che si rischiava di non avere abbastanza pollo per tutti. Per questo le grida di allarme non si erano sentite subito e, solo dopo essere risalite lungo il tubo, erano esplose amplificate sulle teste dei bagnanti.

Nadia si trovava nella palazzina centrale, quella che al piano terra ospitava gli uffici, una sala espositiva, una piccola infermeria, e, al piano superiore, l'abitazione della sua famiglia. Stava fantasticando davanti alle foto e ai disegni della mostra che da qualche tempo era stata allestita lì e che non riusciva a togliersi dalla testa. Era dedicata alle anguane, creature fatate legate all'acqua, dalle caratteristiche simili alle ninfe. Alcune di loro si presentavano bellissime e seducenti. Altre invece avevano i piedi ritorti e nasi orripilanti, segnati da pustole e nei pelosi. Ma quello che più la impressionava era che, così come il loro aspetto esteriore, anche la loro natura più profonda poteva essere doppia: in alcuni casi, nei confronti degli umani, si dimostravano pazienti e benevole, mentre in altri per niente. "Solo perché non li vediamo" pensò

Nadia, "non vuol dire che non ci siano fili invisibili a legare tra loro le cose. A unire gli universi."

A riportarla alla realtà ci pensò il trambusto che sentì arrivare dal parco. Quando andò a vedere cosa stava capitando, incrociò il padre diretto verso la scaletta che scende agli scogli, per impedirne l'accesso ai curiosi.

«Papà...»

«Nadia. Non è il momento.»

«Che succede?»

«Stiamo recuperando un kayak. Era alla deriva. La corrente lo ha trascinato proprio sotto il tubo e un ragazzo quasi ci si schiantava contro.»

«Un kayak? Era capovolto?»

«Sì.»

«Senza nessuno a bordo?»

«Nessuno... No, signora, di qua non può passare adesso, mi spiace.»

«Credi che chi lo portava sia caduto in acqua?»

«Speriamo di no. Per favore, va' dalla mamma e chiedile se le serve aiuto. O vai a fare i compiti. Non hai compiti da fare? No, ragazzi, mi spiace, non si può più scendere agli scogli...»

In effetti, Nadia doveva finire inglese e matematica, ma non aveva voglia di studiare. Si avvicinò alla balaustra e si affacciò. Osservò i bagnini raggiungere l'imbarcazione rovesciata e portarla a riva.

Arrivarono dei turisti olandesi. Il padre di Nadia sorrise con ogni dente che aveva in bocca: «*Sorry. Forbidden. Sorry. Just for today. Please...*».

«Se fosse uno scherzo?»

«Il lago è infido» disse lui. «Basta niente perché ti prenda e non ti restituisca più. Si scherza in piscina. Si scherza sulla spiaggia. Si scherza dove vuoi, ma non nel lago...» Emise un fischio e si passò il pollice sulla gola. «La storia di Orfeo non ti ha insegnato niente?»

«Ma...!» Nadia lo guardò incredula. Come osava dire una cosa del genere? Se solo avesse saputo quanto e come Orfeo faceva ancora parte della sua vita, non le avrebbe posto quella domanda. Scosse la testa, irritata, e andò in cerca di un'occupazione. Prima però si voltò verso Sette Case, il borgo che si intravedeva dalla terrazza del parco. Era lì che Orfeo era cresciuto insieme al nonno, dopo la morte dei suoi genitori. Era dalla striscia di sabbia sotto la scogliera che usciva con la sua barca per andare a pesca, era da lì che era partito, un giorno, per non tornare più.

Tutti lo conoscevano, Orfeo.

Tutti lo amavano.

Ma lei forse di più. Almeno, era così che si sentiva.

Per questo, quando le visioni erano cominciate, lei le aveva accolte come un dono: per tenere Orfeo vicino, per non farlo svanire per sempre, avrebbe fatto qualunque cosa.

# 4

# EDO E SACCO

«Alza la guardia.»

Edo ubbidì. «Di più. Ora gira la spalla.»

Edo fece come diceva l'allenatore. Attorno a lui, in palestra, immerso nel tanfo di sudore e ammoniaca, c'era chi mollava legnate ai sacchi grandi, chi distribuiva colpi rapidi a quelli piccoli, chi saltava la corda. Lui stava cercando di capire come impostare la guardia in quel modo sbruffone tipico di Floyd Mayweather Jr., che lo guardava torvo da un poster appeso sopra la porta degli spogliatoi. «Edo, no, aspetta...» Il vecchio Marciano gli toccò il gomito. Doveva portare il braccio sinistro più in alto, per proteggersi dai montanti e dai ganci al corpo. «La spalla sinistra... alzala di più. A protezione del mento. Ma anche per deviare il diretto destro dell'avversario, vedi?» Marciano mimò il colpo. Edo, immobile, lo bloccò con il guantone. «Dai, riproviamo...»

Era difficile, in giro per la palestra, trovare qualcuno con un fisico così poco adatto alla boxe quanto Edo. Dimostrava meno dei suoi dodici anni, aveva le spalle strette e i polsi entravano nei guantoni come rami secchi. Non solo. Non c'era un briciolo di cattiveria, in lui. Nulla che potesse intimorire chicchessia. I capelli castani mantenevano una piega ordinata, con la riga a destra, anche se era lercio di sudore e sfatto dalla fatica. Gli occhi sorridevano pure mentre cercava di aggredire l'avversario. In generale tutto, in lui, emanava gentilezza.

Non esattamente ciò che ci si aspetta da un pugile.

Eppure ci dava dentro. Aveva dovuto insistere con Elisa e Daniela, le sue mamme, per avere il permesso e ora, quando saliva sul ring e incrociava i guantoni, non si risparmiava. Era disposto a farsi massacrare piuttosto che gettare la spugna, ma comunque aveva leggerezza e velocità. Saltellava per il ring con la grazia di una libellula. Se il suo sparring partner non faceva attenzione, rischiava che uno dei pugni di Edo, sottile e pungente come un ago, passasse attraverso la guardia o sotto i gomiti, diretto al corpo, e lo colpisse senza che lui potesse capire come diavolo avesse fatto a raggiungerlo.

«Sacco» gridò l'allenatore.

«Devo allenarmi al sacco?»

«No... Sacco, ehi, vieni qui.» Sacco, così si chiamava di cognome, aveva la stessa età di Edo, ma era grosso il doppio e prendeva cazzotti senza fare storie, proprio come un sacco. In compenso aveva l'agilità di uno scaldabagno. Per questo Marciano lo usava per allenare Edo. Si compensavano. «Sul ring, avanti.»

I due ragazzi presero i caschetti integrali dalle borse, infilarono i paradenti e salirono ai lati opposti passando sotto le corde.

Marciano andò a parlare con un genitore venuto a iscrivere il figlio.

«Sei pronto?» chiese Edo allacciandosi il caschetto.

Sacco fece sì con la testa e si colpì la fronte.

Edo strizzò gli occhi in cerca di uno sguardo feroce, ma il risultato fu di assomigliare a un cucciolo imbronciato. Iniziò a danzargli attorno mentre Sacco ballonzolava sul posto sciogliendo le braccia. Attaccò con un diretto che l'altro ricevette senza scomporsi, quindi si buttò sotto a testa bassa. Sacco allontanava i colpi o li riceveva come se gli facesse piacere; di tanto in tanto reagiva con un gancio o un montante. Andò avanti così per un po'. Sacco tirava cazzotti all'aria e Edo tirava cazzotti a Sacco, ma era come se li tirasse all'aria.

«Non riesci a prendermi?» disse Edo, atteggiandosi a gangster.

«Non voglio andare in galera.»

«Cosa c'entra la galera?»

«Se ti colpisco bene rischio di staccarti la testa. Tu muori e io vado in galera» rispose Sacco. «Non voglio andare in galera.»

Edo osservò gli occhi bovini del suo avversario che spuntavano da dentro il casco e pensò che forse aveva ragione. Forse gli stava davvero risparmiando la vita. Ma non era ciò che voleva. Lui voleva essere attaccato e voleva dimostrare di sapersi difendere. Così gli si scagliò contro come aveva visto fare a Floyd Mayweather Jr. durante un vecchio incontro con Sugar Shane Mosley. Poi, mentre cercava un varco nella difesa avversaria, Edo ebbe la sensazione che qualcuno gli si stesse intrufolando in testa e all'improvviso ebbe paura. Perché se stava per succedere ciò che pensava, be', stava per succedere nel momento sbagliato. Si guardò attorno, terrorizzato, e la vide. Un'ombra scivolava sulle pareti della palestra. Uno dei neon malconci del soffitto cominciò a friggere e sfarfallare. L'aria si fece più densa e carica di elettricità. Edo ne sentì il sapore metallico sulla lingua.

"Non adesso" pensò.

"No, non adesso."

"Non..."

Edo sentì due sassate colpirlo allo stomaco e al mento. Si sbilanciò all'indietro. Si ritrovò inchiodato contro le corde e usò le braccia per rimanere in piedi. Una parte del suo cervello, senza chiedere il permesso, aveva già cominciato a lavorare su ciò che aveva visto – ma non poteva, non c'era tempo. Nell'istante in cui la visione si dissolse, Sacco lo caricò come un cinghiale ubriaco. Sentì l'odore acre del suo corpo.

Edo si staccò dal ring nel momento in cui lui cercò di colpirlo.

Si abbassò. Gli scivolò sotto il braccio.

Ora si trovava alle sue spalle.

Sacco era lento. Edo tirò un diretto alla mascella.

Sacco aprì la guardia. Edo lo colpì con un montante.

Ma…

Di nuovo.
Ebbe l'impressione che ci fosse qualcun altro sul ring, insieme a loro.
Quella sensazione.

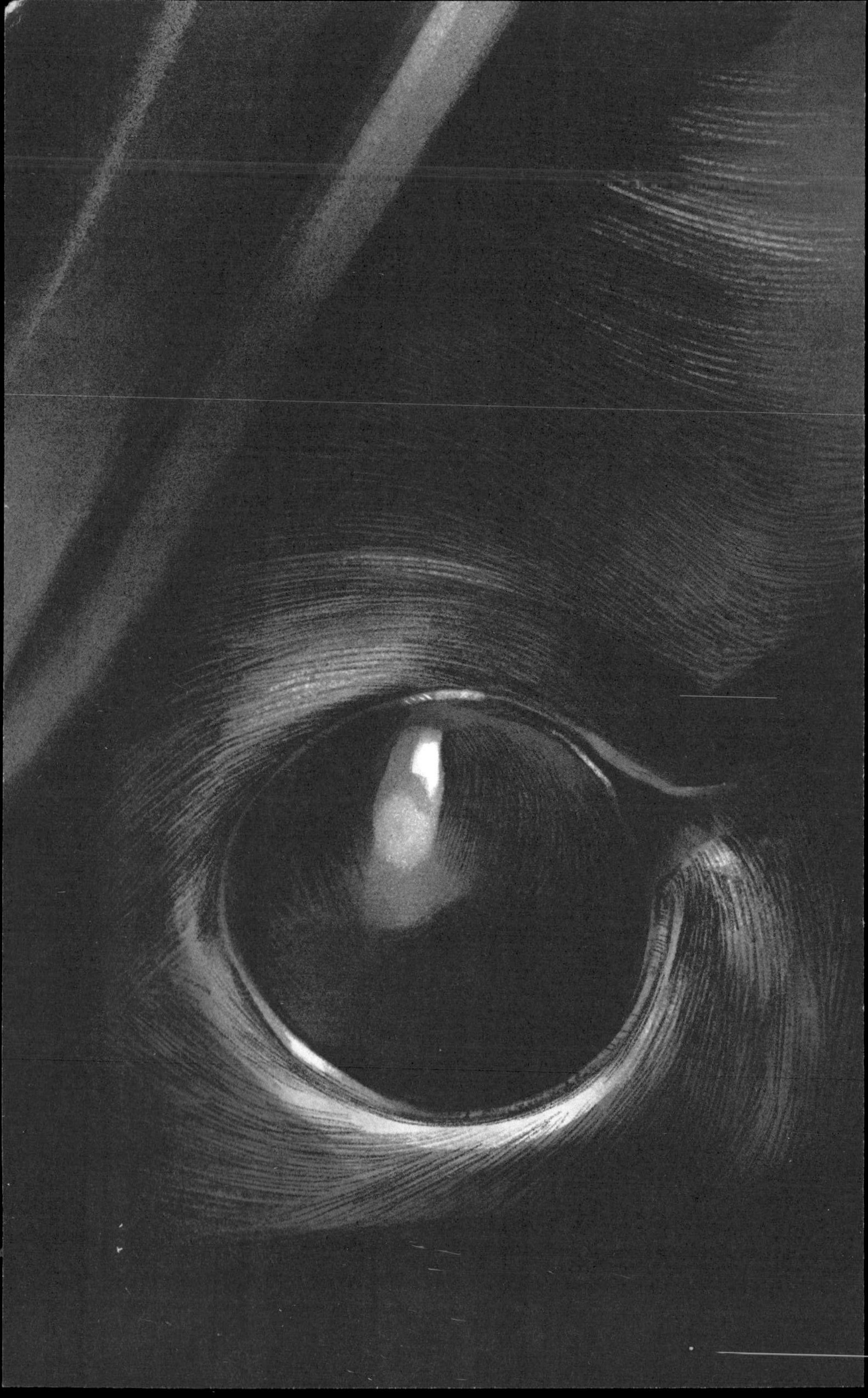

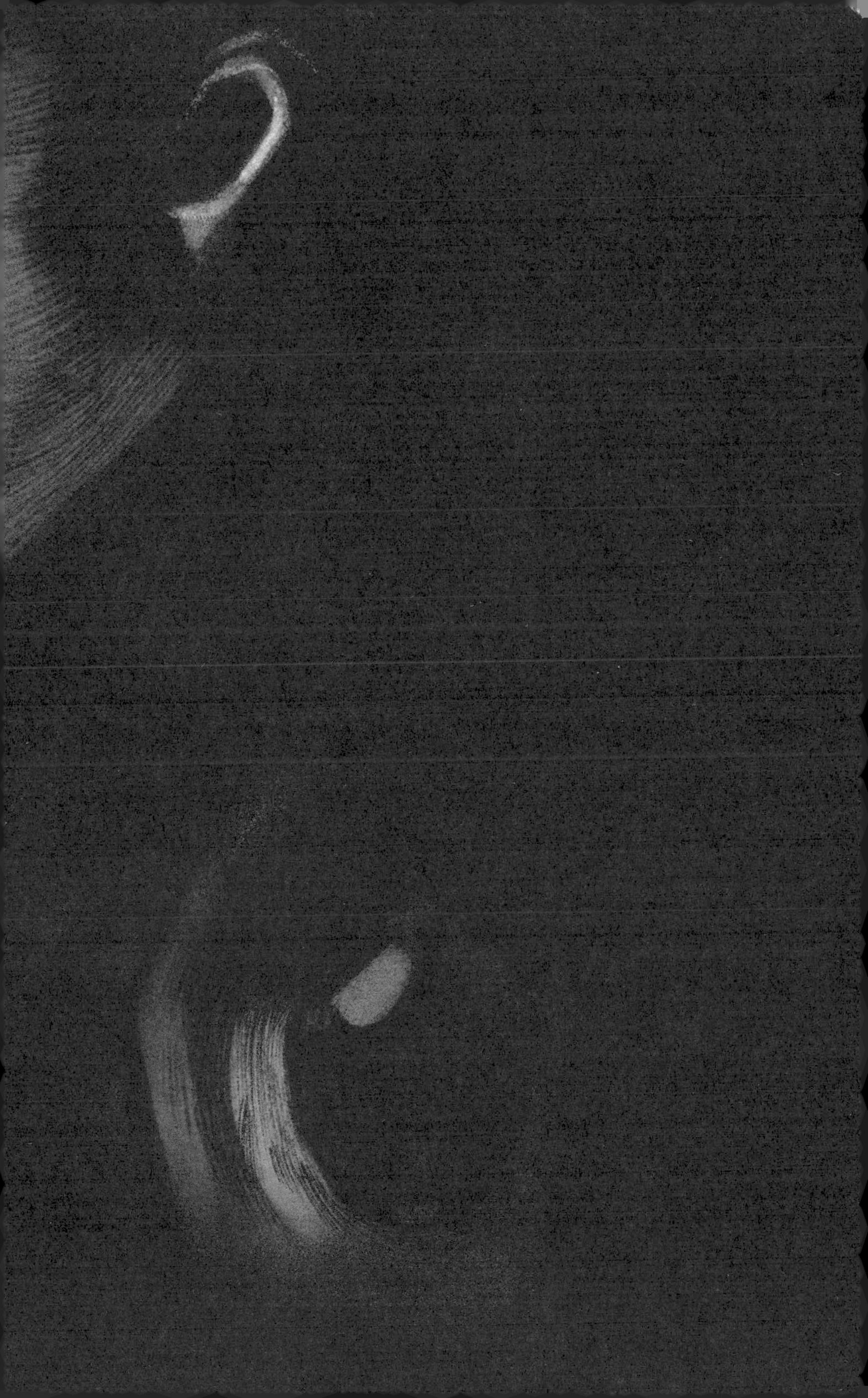

Edo la sentì, la mazzata che lo sollevava da terra.
La sentì eccome.
Ma non era più sul ring e neppure dentro la palestra.
Era in un luogo buio. E freddo.

E l'oscurità lo stava ingoiando.

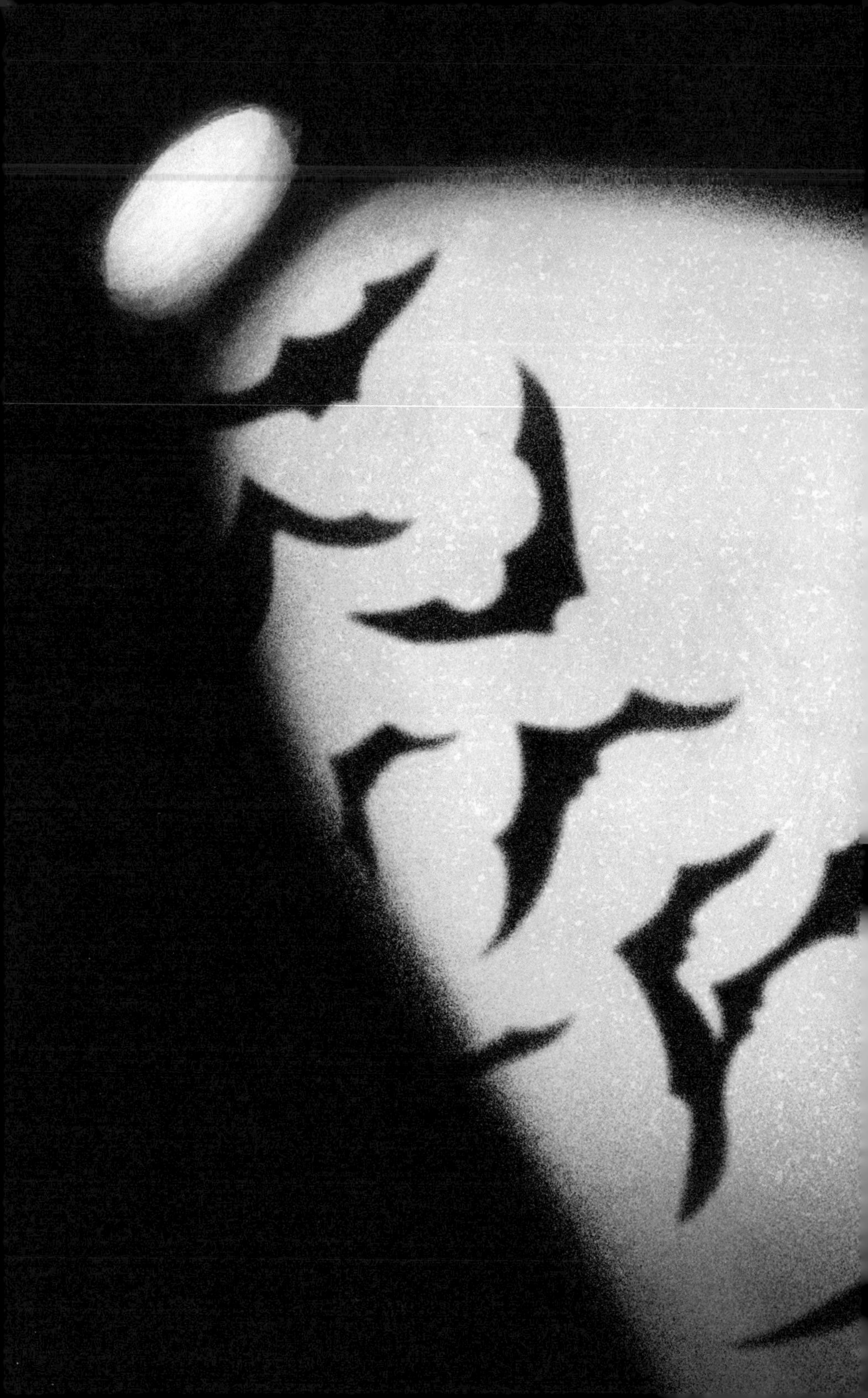

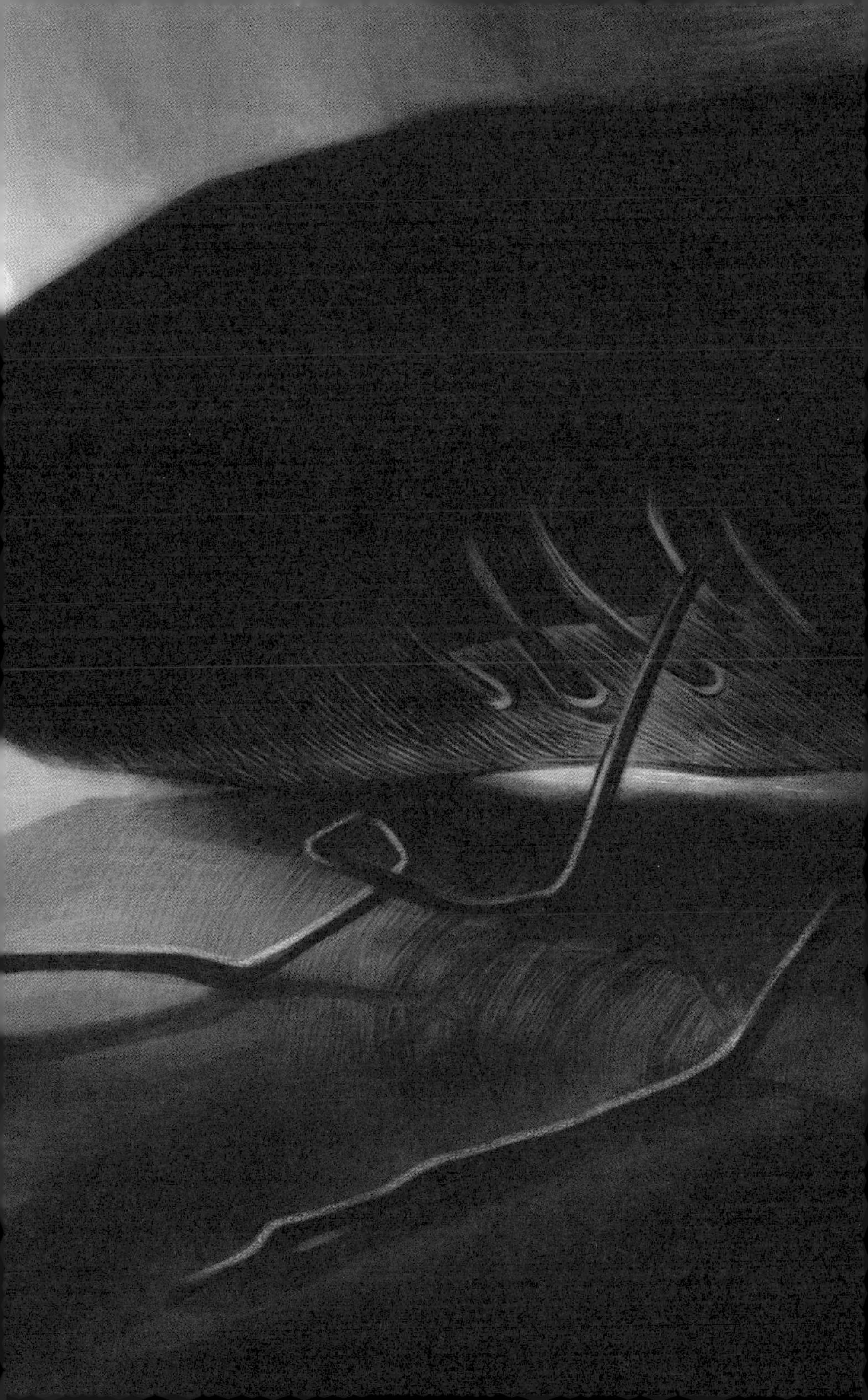

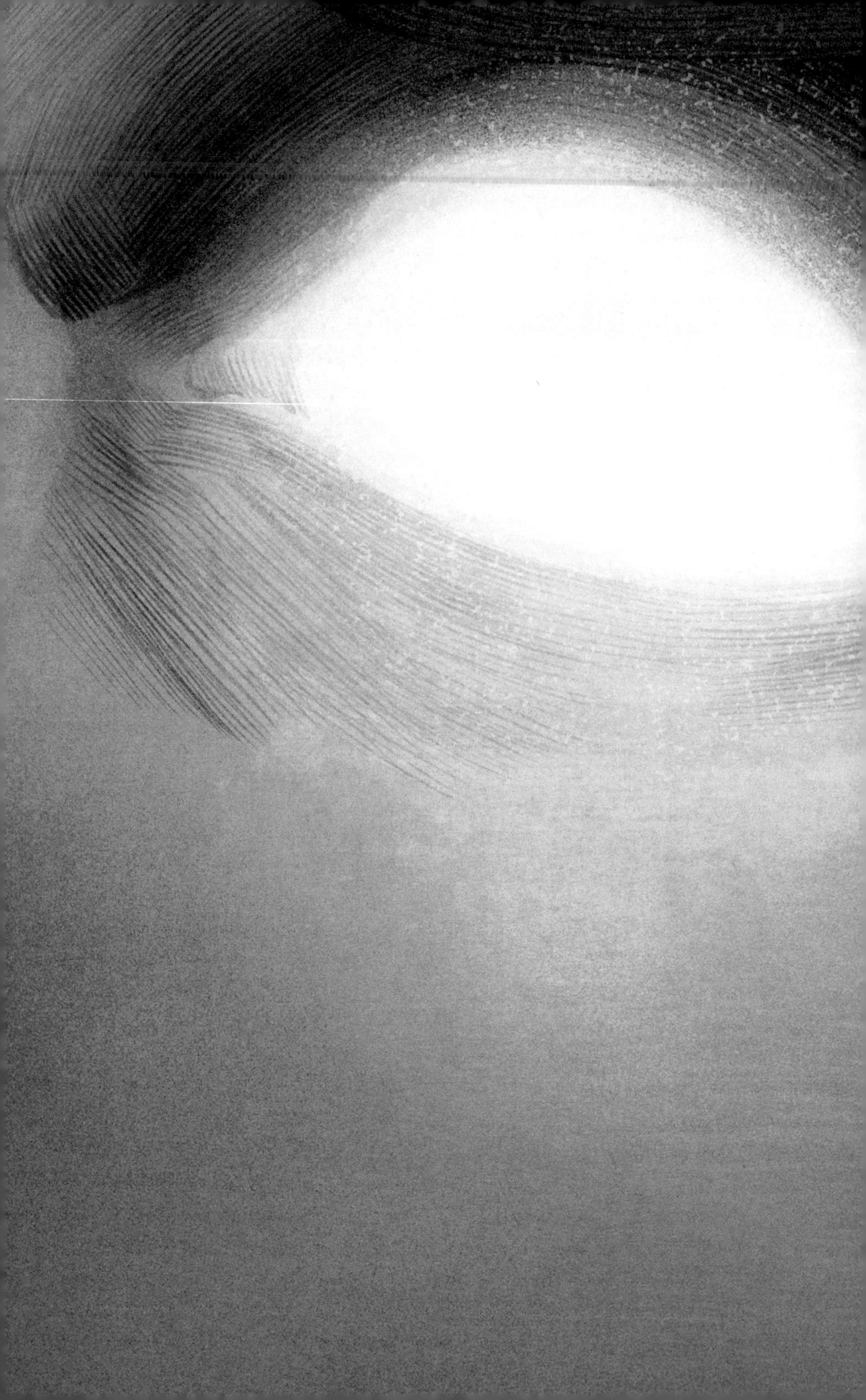

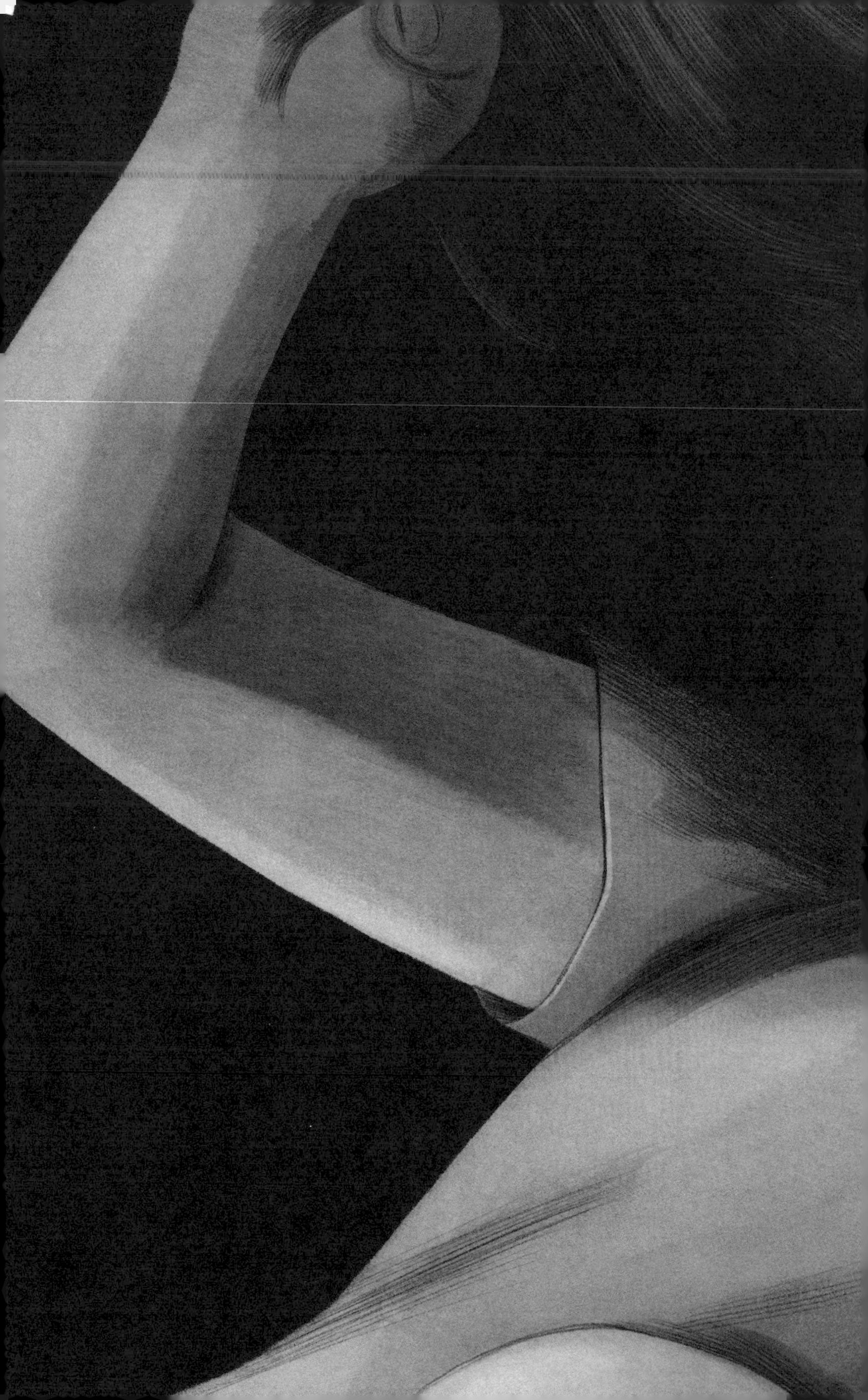

5

# INFUSO GHIACCIATO DI ORTICA

A Sette Case una delle abitazioni era bruciata nove anni prima, dopo una brutta lite tra due coniugi, ma ora, anche se erano sei, nessuno aveva pensato di cambiare il nome al paese. I resti della casa distrutta, con i mattoni anneriti, erano la prima cosa che si incontrava arrivando da Acquamorta. In mezzo alle macerie, con il tempo, era spuntato un melo. I frutti non li raccoglieva mai nessuno e finivano per ammucchiarsi e marcire sul terreno. Gli unici a cibarsene erano i corvi.

La prima ad arrivare fu Rachele, che si era fatta accompagnare in macchina. Era quella che abitava più lontano. Aveva gli occhi cerchiati e l'aria sconvolta a causa di quanto accaduto a Merlino quella mattina. Nonostante l'intervento del veterinario, che la madre era riuscita a trovare e a portare all'imbocco del bosco di larici, il cavallo non si era ancora ripreso; e soprattutto lui, il veterinario, sembrava non capirne il male, tanto che aveva telefonato a un collega di Riva del Lago chiedendogli di raggiungerlo per un consulto.

Il secondo fu Edo. Come dopo ogni visione, era saltato sulla bici e aveva raggiunto la casa del maestro Leone pedalando con una furia tutta sua. Motivo per cui di solito arrivava prima di Liaqat, che veniva anche lui in bicicletta e abitando nel Borgo Nuovo era ipoteticamente più vicino. Ma Liaqat, a differenza sua, non correva mai e se poteva faceva il giro largo, passando lungo il lago, mentre Edo tagliava per il bosco.

«Che hai fatto a quell'occhio?» chiese Rachele con una voce ostile, come se pure il livido di Edo fosse un'offesa nei suoi confronti.

«La visione. È arrivata che mi stavo allenando.»

«Ti alleni a farti prendere a botte?»

«E tu dov'eri?»

«Al maneggio.»

Edo si accorse che dalla manica corta della polo di Rachele sbucava una fasciatura. «Sei caduta da cavallo?»

«Sì. Ma non c'entra la visione. È successo stamattina. Merlino si è sentito male e...»

Il rumore di un motore li fece voltare. La terza ad arrivare fu Nadia. Si era fatta dare un passaggio dalla nonna con il furgoncino del parco.

«Buongiorno, signora Casadio.» Edo sventolò la mano in direzione della nonna di Nadia. Lui, sua sorella Maddalena e le mamme adoravano il pollo del parco acquatico; a volte lo ordinavano per telefono e se lo facevano portare a casa.

Il maestro Leone apparve sulla porta. In mano stringeva uno strofinaccio e indossava una salopette di jeans piuttosto logora, da cui sbucava una camicia a quadri. Si grattò la barba, inquieto, come ogni volta che i ragazzi si radunavano da lui. «Mi era sembrato di sentirvi. Ero giusto nell'orto a raccogliere le ortiche. Che ne dite di un infuso ghiacciato?»

In quel momento, pedalando serio e tranquillo, dalla stradina arrivò Liaqat, come fosse lì per caso. Posò la bicicletta contro il muro di mattoni, si infilò le mani in tasca e salutò gli altri con un cenno, guardandoli con distaccato disagio.

Mentre il maestro Leone si dava da fare con le ortiche, i ragazzi occuparono la sala in ordine sparso. Appesi alle pareti c'erano diversi planisferi, poster con le specie di uccelli e di pesci della zona, e foto di classe in cui il maestro sembrava giovanissimo, e forse lo era davvero. Certe mattonelle del pavimento erano scheggiate, e anche le pareti avrebbero avuto bisogno di una tinteggiatura nuova. Ma non c'era il tanfo di minestrone tipico di certe case abitate da uomini anziani, piuttosto odore di menta e tabacco da pipa.

Sopra il camino c'era l'unica immagine di Orfeo. Seduto sulla barca, la canna da pesca tra le mani, un berretto da baseball indossato al contrario. Sorrideva. E in quel sorriso c'era tutta la felicità del mondo. «Quindi...» disse il maestro tritando il ghiaccio. La voce tradiva la sua preoccupazione. «Chi comincia?»

«Oggi ci mancava solo 'sta visione» disse Rachele, con voce funerea, e scosse la testa.

«Che vuoi dire?» domandò Leone.

«Che da stamattina va tutto storto.» Rachele si strinse nelle spalle.

«È stata terribile, era tutto buio. E c'erano dei pipistrelli» si inserì Nadia.

Edo annuì eccitato. «Era una grotta. C'erano delle luci fortissime. Che abbagliavano.»

«I fari di un camion» continuò Nadia. «E poi a un certo punto è apparsa una donna. E lei, ecco, lei sembrava...» Non riuscì a terminare la frase.

Il maestro Leone si voltò, finendo di tritare il ghiaccio. «Sembrava...?»

«Morta» disse Liaqat dal fondo della stanza. Tutti si voltarono. Come sempre si era rintanato nell'angolo più lontano e in ombra. La voce emerse carica del suo accento esotico. «Affogata.»

Il maestro Leone smise di spremere il limone.

«È così» disse Nadia respirando a bocca aperta. «Stava andando giù, nell'acqua, e le braccia le aveva in questo modo...» imitò il gesto. «Come per chiedere aiuto. Come se volesse afferrare qualcosa. Per salvarsi.»

Il maestro Leone mise del ghiaccio dentro un panno e lo passò a Edo, che lo appoggiò sull'occhio stringendo i denti per il dolore. Poi tornò verso il piano di lavoro della cucina e prese un vassoio. Posò quattro bicchieri colmi di un liquido ambrato sul tavolino esagonale e andò a sedersi su una poltrona di velluto dall'aspetto polveroso. Afferrò un bastone da passeggio che appoggiò sulle ginocchia, come avesse bisogno di qualcosa da stringere. «Allora» disse «cerchiamo di ragionare. Una cosa alla volta. Partiamo dalla donna.»

Edo e Liaqat si impadronirono di un bicchiere e presero a fissarne il contenuto. Nadia strinse il proprio infuso tra le mani e restò immobile. Gli occhi guardavano lontano. Quando il maestro chiese di descrivere la donna, lei li chiuse e stette così, in silenzio, per alcuni istanti, finché non emise un urlo soffocato. Il bicchiere le scivolò tra le dita e il liquido si sparse sul parquet. Nadia riaprì gli occhi sconvolta. Il volto della donna le era apparso non solo gonfio e bluastro come ricordava, ma tanto nitido e reale da poterlo quasi toccare allungando una mano. «O mammasanta...» disse, «che pasticcio ho fatto.»

«Non preoccuparti.» Il maestro prese uno strofinaccio e le versò altro infuso.

Allora parlò Rachele, disse che le era sembrata una donna giovane, tipo una sua cugina che aveva poco più di trent'anni, che era vestita in modo normale, e stava per aggiungere altro sui capelli, che non erano né lunghi né corti, quando Nadia la interruppe.

«Il kayak!» esclamò, la bocca aperta e gli occhi sgranati. «Stamattina al parco acquatico è stato ritrovato un kayak.»

«Quale kayak?»

«Uno vuoto, che andava alla deriva. Se la donna della visione stava affogando, ecco, magari poteva essere il suo. Che ne dite?»

«A me non sembrava vestita come una che esce in kayak» disse Edo.

«Forse non era un'esperta» replicò Rachele.

«Può darsi» ragionò il maestro Leone. «Se capisco bene, non abbiamo indizi per stabilire chi era. Giusto?»

I quattro si guardarono in silenzio, immobili. Rachele si toccò la spalla che le faceva male e dopo qualche mugugno sofferto disse che in auto, mentre la accompagnavano, aveva cercato in rete con il cellulare informazioni sulla scomparsa di qualche donna nella loro zona, ma non aveva trovato nulla.

«Va bene» disse il maestro. «Allora concentriamoci sul resto. Avete parlato di un camion e di... grotte.»

«A me sono sembrate le grotte di Pompilio» intervenne Edo.

«E perché?»

«Perché io l'ho visto, un camion, nelle grotte di Pompilio. Cioè, non proprio un camion. Un furgone. Comunque lì dentro ci entrano dei mezzi a motore. So che gli archeologi stanno ancora scavando. Hanno trovato dei nuovi mosaici e forse anche una tomba...»

Nadia emise un gridolino e subito si tappò la bocca con una mano, come per impedire al pensiero di uscire. Ma tutti la stavano guardando con aria interrogativa e un secondo dopo cedette. «Forse» disse facendo una lunga pausa. «Forse è una maledizione.»

«Che maledizione?»

«Come quella di Tutankhamon. Ricordate? Maestro, ce ne hai parlato tu. Che nel sacrario c'era una scritta... Diceva una cosa tipo... "La morte verrà... sulle ali per coloro che profaneranno la tomba del faraone." Una cosa così. E poi un sacco di gente che aveva contribuito alla scoperta della tomba è morta.»

«Allora qualcosa vi è rimasto...» disse il maestro Leone.

«Ma quella era una tomba egizia» disse Edo. «Questa è una villa romana.»

Nadia strabuzzò gli occhi e spalancò le braccia con le mani rivolte al soffitto. «Appunto. Romani, egiziani, cosa cambia? Una maledizione è sempre una maledizione.»

«Non dire idiozie» sbottò Rachele, infastidita. «Le maledizioni esistono solo nei vecchi racconti.»

«Sei tu che dici idiozie, esistono eccome... e se avessero risvegliato le anguane?»

«Le cosa?»

«Le anguane, sono tipo delle ninfe che...»

Rachele arricciò le labbra. «Oh, ma per favore!»

Nadia scattò in piedi. «Perché, tu avresti creduto che un adolescente scomparso poteva comunicare attraverso delle visioni prima che questo capitasse...» Alzò gli occhi al soffitto e portò un dito alle labbra. «Ah, già. A noi quattro!»

«"Ci sono più cose in cielo e in terra, Orazio, di quante tu ne possa sognare nella tua filosofia"» recitò il maestro, squadrando i ragazzi da sopra gli occhiali. «Shakespeare. Un giorno lo studierete.»

«Liaqat?» chiese Rachele. Il ragazzo strinse le palpebre come per metterla a fuoco. Rachele sapeva che lui, nonostante la fama di uno difficile, aveva un atteggiamento razionale più simile al suo che a quello degli altri due. «Ci sei o cosa? Te ne stai lì, in silenzio, come se la faccenda non riguardasse anche te.»

«Cosa devo dire?»

«Ascoltate» si inserì Edo, «qualsiasi cosa sia successa al kayak e a chi c'era sopra, al momento possiamo farci ben poco, non credete? Domani troveremo notizie sui giornali. Io nel frattempo andrei alle grotte.»

«Hai davvero detto "giornali"? Chi è che legge più i giornali?» disse Rachele.

«Io. Cioè, non è che li leggo proprio, ma mia mamma li prende nuovi ogni mattina per il bed & breakfast e porta a casa i vecchi. Li tiene ammucchiati sul tavolo e se c'è qualcosa che mi interessa...»

«In attesa dei giornali però che facciamo?» domandò Rachele.

«Io sono d'accordo con Edo» commentò Liaqat, emergendo dall'ombra. «L'unica traccia che abbiamo sono le grotte.»

«Sei sicuro?» chiese il maestro Leone, che ben sapeva quanto Liaqat odiasse i luoghi bui e chiusi. Soffriva di claustrofobia. Molti anni prima lui e suo fratello, attraversando la Turchia, erano rimasti dentro un rimorchio per tre giorni. Da allora dormiva con la finestra aperta anche d'inverno e non abbassava mai le persiane.

Liaqat fece spallucce. «Se bisogna...»

«E se non fossero quelle?» chiese Nadia.

«Hai qualche altra proposta. Una seduta spiritica?» ribatté Rachele.

Nadia incrociò le braccia e si voltò di lato sbuffando. Rachele sogghignò.

Il maestro Leone squadrò i quattro ragazzi. Nadia, Rachele, Liaqat, Edo. Ogni volta che si presentavano da lui con una nuova visione, la sua vera speranza era trovare indizi su ciò che era successo a Orfeo. Nulla gli interessava di più. Ma d'altra parte, se era stato commesso un crimine, o un delitto, anche se non c'entrava direttamente con il nipote, loro non potevano far finta di niente. Il problema erano i rischi che comportava, i pericoli in cui quei quattro si sarebbero ficcati. Ma come detto: non potevano fregarsene, soprattutto perché Orfeo non se ne sarebbe fregato; non era un tipo che si tirava indietro, lui. E poi il maestro Leone sapeva che, se avesse cercato di impedire ai ragazzi di indagare, loro probabilmente gli avrebbero disubbidito. Tanto valeva aiutarli, e per quanto possibile cercare di proteggerli. Se uno di loro si fosse fatto male, non se lo sarebbe mai perdonato. «Liaqat ha ragione» disse infine, sospirando. «Seguite il consiglio di Edo. Fate un sopralluogo alle grotte. Andateci subito e cercate di capire se il posto della visione è quello. Ma... fate solo un giro, okay? Non mettetevi nei guai. E guardatevi le spalle l'un l'altro.»

Mentre i ragazzi annuivano, lo sguardo del maestro andò a carezzare la foto del nipote che lo fissava da sopra il camino.

## 6

# PAROLE NEL BUIO

L'area archeologica delle Grotte di Pompilio conservava i resti di un'enorme villa romana. Parte era collocata sulla punta dello sperone roccioso che dominava l'intero bacino del lago. Altre stanze erano state edificate al di sotto, all'interno delle cavità usate per secoli come magazzini, o rifugi durante le guerre.

Gli archeologi avevano appena scoperto alcuni nuovi locali, ostruiti da crolli e decorati con mosaici di straordinaria bellezza.

Si diedero appuntamento al porticciolo di San Basilio all'attracco dei battelli, quelli verdi e bianchi della linea di motonavi. I ragazzi avevano l'abbonamento annuale perché lo prendevano la mattina per raggiungere la scuola a Riva del Lago. Si strinsero in mezzo ai turisti. Il sole caldo riempiva l'acqua di scintille e l'aria luccicava. Tutti erano allegri. Tutti, a eccezione di Rachele, che avrebbe voluto andarsene al maneggio, da Merlino, che aveva davvero bisogno di lei, e non alle grotte dov'era già stata un sacco di volte. All'Isola del Campeggio salì a bordo una comitiva di turisti dell'Est Europa – bulgari, ungheresi, o forse moldavi – che scese con loro.

«Da dove entrano i mezzi?» chiese Nadia.

«Da dietro» indicò Rachele. «Dal bosco. Ma al cantiere si accede anche lungo il percorso turistico.»
«Come lo sai?»
«Lo so perché ci sono venuta poco dopo la scoperta dei mosaici. L'azienda di mio padre sponsorizza il restauro.»
Si accodarono ai turisti stranieri. L'ingresso per i ragazzi sotto i quattordici anni era gratuito. Le grotte erano immense. La più grande avrebbe potuto contenere una chiesa, e infatti era chiamata il Duomo, e tra l'una e l'altra c'erano dei camminamenti su palafitte. Era come entrare dentro un'architettura fiabesca costruita dall'acqua, dalla roccia e dal calcare nel corso di migliaia di anni. Liaqat era consapevole della loro bellezza, peccato che una volta dentro, a mano a mano che il mondo esterno si allontanava, il panico iniziasse a scavare la propria tana nella pancia: un animale randagio che raschiava e digrignava i denti, quello era. Raggiunta la Grotta Verde, sulla destra videro un cunicolo il cui ingresso era sbarrato con del nastro a strisce bianche e rosse. Un cartello diceva: ACCESSO CONSENTITO AGLI ADDETTI. NON OLTREPASSARE. Rachele raccontò che, la volta precedente, con suo padre, le sembrava di essere passata da lì.
Edo fece per avvicinarsi a curiosare, ma in quell'istante una voce risuonò minacciosa nella caverna. «Ehi, voi!»
Ruotarono sui tacchi, all'unisono.
Un guardiano, un uomo grosso, col naso schiacciato, stava caracollando verso di loro, le braccia lungo i fianchi e la schiena leggermente curva, come certi gorilla. «Che fate?»
«Niente» disse Nadia.
«Con chi siete?»
«Loro.» Indicò il gruppo di bulgari-ungheresi-moldavi o quel che erano.
«Tu non sei straniera.»
«No. Io sono… loro cugina… li aiuto con la lingua.»

Il guardiano scrutò Rachele, Edo e Liaqat che rimasero immobili.

Edo diede di gomito a Liaqat. Lui capì e pronunciò una lunga frase in *dari*, il dialetto parlato nell'Hazarajat; per essere precisi disse che il guardiano avrebbe fatto meglio ad andare a gettarsi nel lago, ma solo dopo aver ingoiato i propri escrementi.

«Che ha detto?»

«Che... che sono le grotte più belle in cui sia mai stato.»

L'uomo grugnì, poco convinto. «Filate ora. Andate con il resto del gruppo.»

Fecero come richiesto, rimasero incollati ai turisti fino alla grotta successiva, ma quando al guardiano squillò il walkie-talkie e lo videro allontanarsi lungo la passerella, subito tornarono sui loro passi.

Si infilarono sotto il nastro. Edo involontariamente ne strappò una striscia. Nel cunicolo li accolse un buio umido, denso come quelli di certe fiabe. Quelli da cui, a volte, la gente non esce più. Accesero le torce dei cellulari e proseguirono fin dove il cunicolo si stringeva, rendendo il passaggio possibile solo a una persona alla volta. Faceva fresco, eppure Liaqat stava sudando. Respirava affannosamente e cercava di immaginare di non essere lì ma su un prato largo quanto un campo da calcio, il cielo libero fino all'orizzonte.

«Ehi, guardate!» disse Edo.

«Dove?»

«Da questa parte.»

Attraverso un arco nella roccia, in parte ostruito da tavole di legno, si intravedeva l'area dei lavori piena di macchinari, pompe per l'acqua, tubi, i bagni chimici per gli operai. C'era un chiarore soffuso dovuto ai neon delle luci di sicurezza. «Passiamo di qui?»

«Non credo sia una buona idea» disse Nadia. «Vedi il

cartello NON OLTREPASSARE? C'è pure un teschio. È piuttosto chiaro. Io direi che conviene seguire il cunicolo.»

«Anche prima c'era scritto NON OLTREPASSARE.»

«Sì, ma non c'era il teschio.»

«Qui si soffoca» disse Liaqat. «Decidiamo in fretta.»

«Per Liaqat è meglio di qui» disse Edo. «Si fa prima.» Senza aggiungere altro s'infilò tra le assi di legno su cui era inchiodato il cartello con il divieto. Liaqat e Rachele lo seguirono.

«Siete sicuri?» disse Nadia. «Io ho una brutta sensazione.»

«Ahi!» Rachele aveva battuto la testa contro un'asse. Massaggiandosi, rivolse a Nadia uno sguardo annoiato. «Se non ti va stattene pure lì...»

Raggiunta l'area degli scavi si sparpagliarono. La nuova stanza romana, ultima tra quelle scoperte dagli archeologi, sembrava un posto abitato dai fantasmi, ma allo stesso tempo era di una bellezza stupefacente. «Pazzesco» disse Nadia illuminando le pareti. «Guardate i mosaici.» Riconobbe una scena di caccia, una donna vestita elegantemente, un albero, dei rapaci che spiccavano il volo. Alcuni mosaici sembravano adornare le pareti di una piccola piscina quadrata. Come faceva di tanto in tanto, chiuse gli occhi, lasciando che fosse il corpo a percepire il luogo: lei credeva nella capacità dell'uomo di fare esperienza del mondo – e dei vari tempi che l'avevano abitato – non solo attraverso i cinque sensi. In fondo, era ciò che le capitava mentre si tuffava. Quello che non sapeva era cosa la aspettava. «*Mamma?*» sentì d'un tratto. Una voce sottile come un filo di seta. Nadia riaprì gli occhi. Si guardò attorno. Sembrava che gli altri non si fossero accorti di nulla.

«Possiamo rimandare la visita?» ansimò Liaqat.

«Cosa stiamo cercando, secondo voi?» chiese Edo.

«Qualsiasi cosa sia... troviamola in fretta e usciamo.»

«Forse un bigliettino di istruzioni» berciò Rachele pulendosi le mani con aria schifata da una ragnatela appiccicosa. «O magari un foglio con lo schema del delitto. Saranno stati così gentili da lasciarcelo?»

«*Mamma, dove sei?*» ripeté però quella voce fine. E, guardando nella direzione da cui proveniva, Nadia vide una figura muoversi lungo una delle pareti coperte dai mosaici. Per quanto fosse minuta, sembrava una bambina. I capelli chiari sciolti su una lunga stola bianca che le arrivava fino ai piedi. Camminava veloce, come mangiata dall'ansia, o dalla paura. Le andò dietro, fino ad affacciarsi sulla piccola piscina quadrata.

«Che ti prende?» domandò Rachele alle sue spalle, ma Nadia non rispose.

La bambina era al suo fianco. Ora poteva vederla chiaramente in faccia. Una sottile catena d'oro le adornava il collo lungo ed esile. La piccola era immobile. Incapace di accettare, o forse addirittura comprendere, quello che stava loro davanti.

Nadia ricordava di aver sentito, durante le lezioni di storia, che nell'antica Roma ci fu un periodo in cui in diverse ville patrizie, dove vivevano le famiglie aristocratiche, gli schiavi che vi lavoravano, stufi della loro condizione, avevano seguito l'esempio di Spartaco, e si erano ribellati ai propri padroni. Quello che non poteva immaginare, era cosa questo significasse davvero. I mosaici delle pareti, imbrattati di sangue. Così come l'acqua della piscina, d'un rosso cupo. Sulla sua superficie, galleggiavano alcuni corpi senza vita. Signori e servitori insieme. Fu a quel punto che la bambina fece per aggrapparsi a Nadia, cominciando a urlare. E lei altrettanto.

«Che ti prende?» domandò Edo scuotendola. E così, finalmente, ciò che doveva essere successo proprio in quel punto migliaia di anni prima la lasciò in pace, tornando ad abitare le ombre.

«Niente...» disse Nadia cercando di riprendere fiato, il cuore che però continuava a martellarle nel petto come volesse spaccarlo per uscire. «Non è niente. Non c'entra con noi.»

Improvviso, in quel momento esplose un battito di mani. Tre colpi secchi. Quattro. Rachele, Edo e Nadia si voltarono verso Liaqat. Teneva le braccia tese davanti alla faccia sudata. «Non notate qualcosa di strano?» chiese. Aveva infilato il cellulare nella tasca anteriore dei jeans e la luce filtrava attraverso la stoffa. Batté di nuovo le mani. Il suono riecheggiò per alcuni secondi.

«Che nessuno ci ha ancora scoperti e quindi stai cercando di avvisarli?» disse Rachele.

«Che non c'è niente che si muove. Niente che vola.»

«I pipistrelli!» sbottò Edo.

«Nemmeno uno.»

I ragazzi sollevarono le torce verso l'alto per illuminare il soffitto della grotta, miniato da infinite concrezioni calcaree. Non c'erano pipistrelli. O almeno, non in quel momento.

«Che si siano nascosti?»

«No, non credo abbiano l'abitudine di nascondersi.»

S'infilarono nella galleria che portava all'ingresso carrozzabile e che sbucava in un faggeto. La seguirono a lungo, ma anche lì niente pipistrelli. Eppure la visione ne era piena. Lungo una stalagmite, disturbate dalla luce, creature pallide simili a scarafaggi albini fuggirono frusciando. Edo si chinò a raccogliere qualcosa che luccicava a terra: un pezzo di ferro senza significato.

«Qui dovrebbe essere dove abbiamo visto passare il camion» disse Liaqat. «A me sembrava... Non so. Diverso.»

«Sta arrivando qualcuno» disse Nadia spegnendo la torcia. Gli altri la imitarono. Le rocce riflettevano delle luci, scomponendole in riverberi disordinati, e si udiva il rimbombo lontano di una voce maschile. Senza bisogno di aggiungere altro tornarono sui loro passi, incespicando nel buio e cercando di stare vicini. Raggiunta l'area di scavo girarono attorno ai bagni chimici e s'infilarono tra le assi inchiodate che, anche da quel lato, cercavano di impedire l'uso della scorciatoia che passava sotto l'arco di roccia. Già all'andata si erano accorti che lì il terreno era diverso, scivoloso, cosparso da uno strana muffa. D'un tratto, le luci d'emergenza si spensero. Il chiarore svanì, accecandoli: l'oscurità divenne totale. Liaqat sentì crescere l'ansia. Respirò a fondo. Il panico gli stava afferrando la gola. Si guardò attorno in cerca di aiuto, con la confusa sensazione che, se non fosse uscito subito, sarebbe morto.

«Portatemi fuori di qui...» biascicò.

«Da questa parte» esclamò Edo.

«Acqua» disse Nadia.

«Sei hai sete devi aspett...»

«No. Acqua. Sento scorrere dell'acqua.»

«È un effetto della caverna.»

«No.»

«Sembra...»

«Ma che...»

Lo scroscio si fece più forte, fino a diventare fragoroso, come una frana. Si voltarono tutti e quattro dalla stessa parte. I fasci di luce dei cellulari illuminarono all'unisono il fondo del tunnel. Sembrava che il buio si stesse muovendo.

No. Il buio si stava muovendo, era liquido.

Fu allora che un muro d'acqua li travolse. E non capirono più nulla.

7

# NON PENSARE MALE

Fu il sole a fare la differenza. La prima cosa che li indusse a pensare di non essere morti fu ritrovarsi nella luce quando il getto d'acqua li sputò fuori dalla cavità. Stavano volando, anzi no: stavano precipitando. Una sensazione che solo Nadia aveva già provato, quando aveva affrontato il tubo del parco acquatico. L'impatto con l'acqua del lago fu tremendo, violento tipo migliaia di sberle. Andarono a fondo. Si sbracciarono per tirarsi a galla e per capire dove fosse il sotto e dove il sopra.

Quando riuscirono a riportare la testa oltre la superficie, le bocche spalancate a riempirsi di ossigeno, si liberarono delle scarpe che pesavano troppo e li trascinavano a fondo. Liaqat indossava un paio di jeans lunghi anziché i pantaloni corti come gli altri: li slacciò e si liberò pure di quelli. Avesse perso il cellulare suo fratello si sarebbe infuriato, per cui lo strinse forte nella mano. Rachele, invece, aveva smarrito il suo nell'impatto ma non era un problema, ne aveva altri.

Raggiunsero la riva, gattonarono sulle pietre e si sdraiarono per riprendere fiato.

Nadia sputò acqua e accidenti irripetibili.

«Che botta!» tossì Edo.

«State bene?» chiese Liaqat.

Rachele ruotò il braccio. «Te lo dico fra qualche giorno.»

«Che accidenti è stato?»

«Uno scarico d'acqua» ansimò Nadia.

«Ora è molto più chiaro, grazie.»

«Intendo dire... dei vasi comunicanti fanno salire l'acqua del lago alla villa finché non si riempiono certe vasche, o che so io. L'ho letto da qualche parte. Non so. Insomma, credo che siamo finiti in un canale di scolo.»

Indolenziti e maleodoranti, raggiunsero a piedi il molo delle grotte per riprendere il battello, facendo bene attenzione che il guardiano non li vedesse. Liaqat era senza abbonamento, finito in fondo al lago insieme ai pantaloni, ma a quello pensò Rachele comprandogli un biglietto. Il problema più imbarazzante e meno risolvibile fu che dovette viaggiare in mutande, ma essendo estate, e con turisti in costume ovunque, non attirò più di tanto l'attenzione. Il sole li asciugò in fretta. Giunti al porticciolo di San Basilio trovarono giusto la forza di bofonchiare un mezzo saluto e qualcosa riguardo al vedersi dopo cena nella piazza del Borgo Antico di Acquamorta. E detto ciò si separarono.

Liaqat abitava con il fratello, Hassan, nelle case popolari del Borgo Nuovo. Il Tribunale dei Minori di Riva del Lago aveva permesso loro di vivere sotto lo stesso tetto e dichiarato Hassan suo tutore legale. Pedalando provò a riaccendere il cellulare. Lo aveva tenuto spento nella speranza che, asciugandosi, tornasse a funzionare come prima. "Fai che funzioni fai che funzioni fai..." Quando vide lo schermo brillare, le icone apparire e le applicazioni aprirsi accennò quello che, a conoscerlo, si sarebbe potuto definire un sorriso di assoluta euforia: una leggerissima increspatura delle labbra. Vide arrivare dei messaggi da parte di Cloro. Lo aveva anche chiamato.

Legò la bici in cortile.

Salì in casa. Non c'era nessuno.

Suo fratello lavorava in un forno. Usciva alle cinque del mattino, rientrava poco prima di mezzogiorno, si metteva a dormire e si svegliava a metà pomeriggio. Quindi usciva ancora, per dare una mano a un amico che gestiva un negozio di alimentari, e tornava verso le nove. Liaqat lo aspettava, mangiavano insieme, quasi sempre in silenzio, guardando la televisione. Poi, mentre Hassan crollava addormentato, Liaqat lavava i piatti, metteva su un film a volume bassissimo, spostava il tavolo, apriva il divano letto e si sdraiava.

La cucina era camera sua.

Rachele si fece un bagno bollente nella vasca idromassaggio della madre, ma i sali profumati, fatta evaporare la brutta avventura alle grotte, riportarono a galla la preoccupazione per Merlino. Appena uscita dalla vasca telefonò al veterinario per sapere come stava.

«Ecco...» disse lui, tossendo.

«"Ecco" cosa?»

«Le flebo di antibiotici. Non stanno facendo granché effetto e...»

«E...»

«Bisogna avere pazienza.»

«Non c'è altro che si possa fare? Dico, nel frattempo. Proprio nient'altro?»

Il veterinario rimase in silenzio a lungo, prima di rispondere. Troppo a lungo. E il silenzio era tutto ciò che Rachele non voleva sentire.

Dopo essersi cambiato i vestiti, Edo si mise a giocare con Maddalena, la sorella. Lei faceva un puzzle e lui un po' la aiutava, un po' pensava alla visione, cercando caparbiamente di richiamare alla memoria ogni dettaglio. E questa lo riportò a Orfeo.

Da quando era nato, era sempre stato fisicamente più piccolo dei suoi coetanei e una volta, durante uno dei pomeriggi trascorsi con il maestro Leone sul lungolago di Sette Case, in quinta elementare, Orfeo era intervenuto a difenderlo da alcuni compagni che lo stavano malmenando. Edo ricordava parola per parola ciò che Orfeo gli aveva detto, e il succo era che il valore di una persona lo si misura da una cosa sola: dall'impegno che mette nel tirare fuori la parte migliore di sé. "Devi fare del tuo meglio, a partire da ciò che puoi." La parola "impegno" da quel giorno si era trasformata nella sua unica verità. Ma non era solo quello. Quando Orfeo era scomparso, Edo si era reso conto per la prima volta che le persone potevano morire; che le sue mamme potevano morire, e sua sorella, e anche lui. Il fatto è che prima di Orfeo nessuno che conosceva era morto. Perlomeno, nessuno la cui assenza avesse creato un buco tanto grande.

Quando mamma Daniela tornò a casa con le borse della spesa, la prima cosa che le chiese fu se per caso avesse sentito della scomparsa di qualcuno.

Lei rispose con un'altra domanda: «Cosa stai combinando?».

«Niente, perché?»

«Ti sei visto con Liaqat. E con Nadia e Rachele...»

«Come fai a...?»

«Quando voi quattro ve ne andate in giro insieme è perché state ficcando il naso in qualche faccenda che non vi riguarda.»

«Non è vero.»

«Edo, non vi siete calcolati di striscio per cinque anni di elementari. Frequentate la stessa scuola media e a malapena vi salutate sul battello la mattina. E poi tutt'a un tratto, ogni due o tre mesi, *bum*, scoppia il grande amore e vi vedete di continuo. Mi permetti di pensare che c'è qualcosa che mi sfugge?»

«Ma non pensare male.»

«Non penso male» sbuffò. «O almeno ci provo. Comunque, sì.»

«Sì cosa?»

«Ne parlavano in panetteria. Della donna scomparsa.»

# 8

# PERDENTI

Piazza delle Erbe, la piazza della chiesa in cima al Borgo Vecchio, era il punto più alto di Acquamorta.

Da lì si godeva di una vista pazzesca su buona parte del bacino. Si vedevano l'Isola del Campeggio, l'Isola del Convento, e, oltre le colline, le cime delle Alpi. Di notte, in qualsiasi stagione, era frequentata da giovani coppie che si sedevano sulle balaustre o si stringevano sui motorini ad ammirare le luci di Riva del Lago riflettersi nelle acque scure. Le stesse che secondo un'antica leggenda, attraverso un buco sul fondale, arrivavano giù, nella pancia della Terra, fino a raffreddare il fuoco eterno che altrimenti avrebbe divorato il pianeta. Il crepuscolo colorava di rosa e giallo le nuvole e Nadia, Rachele e Liaqat erano già seduti sugli scalini del sagrato, quando Edo arrivò in bici come avesse il diavolo alle calcagna.

«La donna!» stava gridando. «La donna!»

«Cosa?» chiese Liaqat.

«Mia mamma...» Edo saltò giù dalla bici e cercò di riprendere fiato. «È scomparsa... la donna...»

«Che stai dicendo?»

«È scomparsa tua mamma?»

«Macché, no! Sto dicendo che mia mamma dice che è vero, che è scomparsa una donna.»

«E ti ha detto chi è?»

«Non lo sapeva. Dice che l'ha sentito in panetteria, ma non c'ha fatto molto caso. Parlavano anche del kayak.»

«Lo sapevo» saltò su Nadia. «La donna e il kayak sono collegati.»

«Forse dovremmo cercarlo, quel kayak» disse Liaqat. «Dov'è adesso?»

Nadia rispose che non ne aveva idea, forse era ancora al parco; o forse, se la persona che lo possedeva era davvero caduta nel lago, lo avevano consegnato alla polizia.

«Tua mamma ha sentito altro?»

«No. Stava facendo la spesa. Stava pensando ai fatti suoi.»

«Dobbiamo scoprire chi è questa donna» disse Liaqat. «Ma forse ha ragione Edo, domani ne parleranno i giornali...» In quel momento fu interrotto da una voce acuta e sgraziata, che attraversò la piazza come lanciata da una fionda. La riconobbe.

Chupachups e Cloro li avevano visti e si stavano avvicinando. Chupa succhiava un lecca lecca rumorosamente, con certi gorgoglii tipo sciacquone. Cloro aveva una strisciata di moccio sulla guancia che faceva il paio con quella sul dorso della mano. Entrambi avevano come sempre un'aria stropicciata ed emanavano uno strano odore. Benzina, forse. «Che succede?» dissero avvicinandosi. «È tutto il pomeriggio che ti cerchiamo. Ti abbiamo anche chiamato.»

Liaqat li scrutò in silenzio.

«E questi chi sono?» chiese Chupa. «Il tuo gruppo di chierichetti?»

«Non è aria, ragazzi» disse Liaqat serio. «Ci sentiamo quando posso. Ora sparite.»

Cloro smoccolò dal naso e raspò via il tutto con la mano. Rachele rabbrividì dal disgusto. Lui se ne accorse e ridendo allungò il braccio verso di lei. «Ogni tanto lo fai» disse a Liaqat. «Forse pensi che siamo scemi, ma noi non siamo scemi. Lo sappiamo. Ti raduni con 'sti qua. Ce ne siamo accorti, eh! Ma cos'è che fate, cos'è?»

«Non sono affari vostri» disse Edo.

«Ehi, il bambino parla» fece Cloro. «Non pensavo che i bambini così piccoli parlavano già.»

Edo scattò in piedi, i pugni chiusi, le braccia nervose a una spanna dal corpo.

Cloro si eccitò. «Dai, dai, vieni... sì...»

Liaqat mise una mano sulla spalla di Edo. Attraversò il cerchio e spalancò le braccia per includere Cloro e Chupachups e trascinarli via con sé. Scesero gli scalini. Si fermarono vicino ai bidoni della raccolta differenziata. «Forse non sono stato chiaro» disse con un filo voce. «Ci sono momenti in cui stiamo insieme e momenti in cui invece no. In quei momenti non vi voglio attorno. E questo è uno di quelli.»

«Oh, ma che ti prende?» disse Cloro offeso. «Se hai dei problemi, dillo.»

«Io non ho problemi. A meno che voi non ne creiate.»

«Ma sentilo... Ma che modo è di rivolgersi agli amici?»

«E poi te ne vai in giro così, alla luce del sole, con quegli sfigati» commentò Chupachups. «Non si fa. È una cosa che non va bene.»

«Cos'ho detto?»

Cloro sputò per terra, schiacciò la macchia di saliva con la suola della scarpa, poi alzò lo sguardo verso Liaqat. «Non fare quella faccia.»

«Mi spiace, Cloro, è l'unica che ho.»

Chupa tirò fuori dalla bocca la sfera giallastra che stava succhiando. L'agitò come se fosse una bacchetta magica, lanciando schizzi di saliva al posto degli incantesimi. Biascicò una specie di anatema, ma Liaqat non riuscì a distinguerne le parole. A distrarlo fu, all'improvviso, la sensazione di avere qualcuno accanto. Proprio al suo fianco. Si voltò di colpo, ma non vide nessuno; eppure aveva sentito il calore di una presenza. A quel punto ebbe una vertigine. Chupa parlò di nuovo, ma lui lo intuì soltanto perché vide le sue labbra muoversi. Qualcos'altro stava occupando tutto lo spazio disponibile dentro la sua mente. Un lampione che fino a quel momento era stato spento s'illuminò e iniziò a crepitare. L'aria si riempì di elettricità e tutti sentirono i peli sulle braccia e i capelli dietro la nuca sollevarsi.

Liaqat si accorse di avere tra i denti un sapore metallico.

Poi, eccola.

La sensazione, ogni volta, era come di un proiettile che attraversa il cervello.

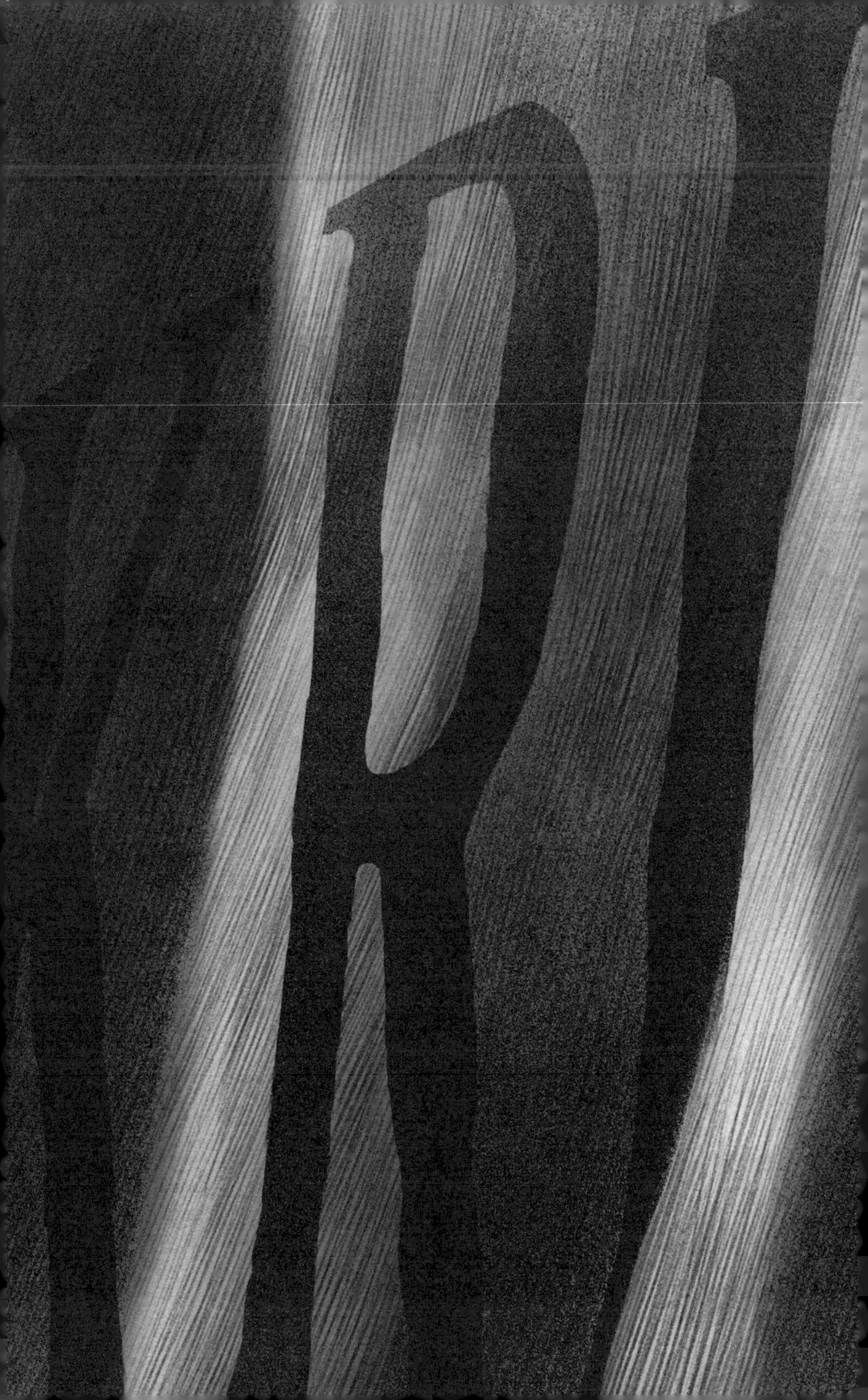

«Cos'hai?» chiese Cloro.

Liaqat si passò una mano sugli occhi: era stata una botta mostruosa. «Non è nulla» disse.

«Sei sbiancato.»

Era una scritta.

«Andate...»

Una scritta, diceva...

«Tu non stai bene» fece Cloro.

Chupachups stava per afferrarlo per un braccio, le era sembrato che stesse per svenire, ma Liaqat le allontanò la mano. «Sparite, ho detto. Via!»

Mentre Cloro e Chupachups, un nugolo di zanzare attorno alla testa, ciondolavano imprecando verso altre forme di fastidio, Liaqat si voltò. Nadia e Rachele si premevano le tempie come in preda a un feroce mal di testa. Edo era sdraiato supino, aveva gli occhi spalancati rivolti al cielo: sembrava avesse visto un enorme cinghiale ascendere tra le nubi.

«L'abbiamo visto tutti?»

«Cos'era?»

«Cosa accidenti significa?»

«*Kriva*. C'era scritto *kriva*, vero?»

«Non vuol dire nulla.»

«Magari è nella tua lingua» disse Rachele a Liaqat.

«Perché mai Orfeo dovrebbe parlarci in *dari*?»

«Hai avuto molte altre esperienze di comunicazione con fantasmi? Magari lassù è un gran casino e tutti parlano, che so, tipo in tutte le lingue insieme.»

Nadia scosse la testa, gonfia di riccioli, quindi scattò, come suo solito – era una che scattava un sacco, lei. La schiena dritta come quella di una mangusta. «Ehi!» disse. «O mammasanta!»

«Cosa?»

«Io lo so... so cosa vuol dire *kriva*.»

«E pensi di dircelo?» berciò Rachele.

«Non mi crederete mai...»

«Provaci.»

«Dovete venire al parco acquatico, così lo vedrete con i vostri occhi.»

«Al parco acquatico?» sbuffò Rachele. «Ora?»

«Ora è tardi...» ragionò Nadia. «Domani... domani mattina, appena potete!»

# 9

# MALEDIZIONI

Si svegliarono che il sole era appena sorto, ma al loro arrivo il parco acquatico era già pieno di gente. Nadia li aspettava all'ingresso, seduta su un dissuasore di cemento a forma di coppa di gelato. Li accolse l'odore della crema solare, dei frullati di fragole e soprattutto quello del pollo che, nonostante fossero le nove di mattina, fece venire loro un languorino mostruoso. Nadia li condusse verso i locali dedicati alle mostre e per raggiungerli passarono davanti al chiosco. Quando la signora Casadio, sua nonna, li vide, urlò che avrebbe portato loro qualche vaschetta di cosce belle unte e condite.

Edo aveva portato "L'Eco del Lago" di quel giorno, rubato nel bed & breakfast: in prima pagina c'era la foto di una donna. Un primo piano. Forse uno scatto rubato da qualche social network. Tutti e quattro riconobbero il volto della visione. Si chiamava Francesca Cavenago, aveva trentasei anni ed era residente a Milano. Era la responsabile della logistica di un'azienda locale, la Kennet. Amava uscire sul lago in kayak usando quelli dell'Albergo Roccati di San Basilio, dove risiedeva di solito quando veniva a lavorare presso la sede della ditta. Il kayak ritrovato al parco acquatico era proprio del Roccati e naturalmente la polizia aveva collegato le cose. Rachele sospirò e sollevò gli occhi dal quotidiano.

«Ecco» disse Nadia spalancando le porte della sala. Il materiale era sparso ovunque: c'erano foto, disegni, grossi cartelloni con testi letterari e storici. «Quelli della comunicazione hanno organizzato questa mostra, ricordate? È sulle anguane. Ve ne ho parlato dal maestro, ma non mi avete dato retta.»

«E sarebbero?» Edo si accostò all'immagine di una donna dai capelli lunghissimi del colore delle castagne; se ne stava appollaiata su una roccia, al centro di un fiume.

«Creature fatate, legate all'acqua.»

Rachele strinse la radice del naso tra due dita, come per un improvviso mal di testa.

«Buone o cattive?» chiese Edo.

«Dipende» rispose Nadia. «Come il lago, come l'acqua, possono essere entrambe le cose. Benevole o maligne.»

«In che senso?»

«Be', diciamo che la loro missione, ciò che tutte vogliono, è proteggere gli ambienti naturali in cui vivono. Ma certe lo fanno in un modo, altre in un altro. Alcune sono crudeli.»

«Crudeli?»

«Cannibali.»

«Cannibali?» sghignazzò Rachele.

Nadia non fece caso alla provocazione. «Mangiano i bambini. Oppure possono prendere le persone. Come la donna scomparsa.»

«Sono solo leggende» disse Liaqat a bassa voce, passando il dito su una litografia.

«Sono più che leggende...» disse Nadia.

«Sono superstizioni. Storie che gli adulti usano come scusa per farsi del male o per tenere i bambini lontani dai pericoli. Nell'Hazarajat, anche lì i bambini passano tutto il giorno giocando in giro per i campi, o lungo i dirupi. E anche lì le nonne raccontano storie terribili di mostri, che fanno la tana vicino ai precipizi, oppure nei torrenti. Lo dicono per spaventarli e far sì che non si avvicinino ai posti pericolosi.» Liaqat si girò e guardò Nadia negli occhi, in profondità. «E poi, cosa c'entrano con la nostra visione?»

«Guarda qui...»

Lei indicò un cartellone. Posò il dito su una scritta. In grassetto c'era scritto: *Krivapete*.

Edo aggrottò la fronte. Anche Rachele sembrava impressionata e strinse le palpebre per mettere a fuoco l'informazione.

Nadia attese alcuni istanti per godersi quel momento di gloria, poi, piano piano, lesse ciò che c'era scritto: che la krivapeta apparteneva alla tradizione slava; che veniva rappresentata come una donna che vive isolata dalla gente, spesso dentro le grotte, o nei pressi di fiumi e laghi. Che aveva i piedi al contrario, con il tallone davanti e le dita dietro. Da qui il nome: in sloveno, infatti, *kriv* significava curvo, ritorto, e *peta* significava tallone.

Un silenzio pesante come una bomba cadde tra i ragazzi.

«Quindi» disse Edo. «Secondo te Orfeo ci vuole dire che la donna è stata uccisa da una di queste creature?»

«Ciò che voglio dire» rispose Nadia «è che non dobbiamo tralasciare nessuna possibilità. Una krivapeta, per quello che ne sappiamo, potrebbe averla presa e trascinata nel lago.»

«E perché lo avrebbero fatto?»

«E io che ne so?»

In quel momento entrò nonna Casadio. Portava tre vaschette traboccanti di cosce di pollo che emanavano un profumo irresistibile. I ragazzi ci si buttarono sopra affamati, nervosi ed eccitati, come se non si nutrissero da secoli. Mangiando continuarono a parlare. Al netto di ogni perplessità, anche Liaqat e Rachele volevano sapere tutto.

«Messi come siamo messi» disse Liaqat leccandosi le dita unte, «direi di dividerci.»

«Ossia?»

«Abbiamo due piste. Una è la storia delle krivapete. La seconda è il kayak.»

«E visto che qui c'è chi crede alle favole e chi meno» intervenne Rachele, «ecco cosa propongo. Direi che adesso io e Liaqat ce ne andiamo al Roccati. E voi due andate avanti con la faccenda delle... streghe.»

Edo guardò Nadia eccitato. «Non vedo l'ora» mormorò. «Ma da dove cominciamo?»

«Ah!» sbottò Rachele. «Non ne ho idea.»

«Io sì» disse Nadia. «So già a chi possiamo chiedere aiuto.»

Edo la scrutò in attesa della rivelazione. Nadia indicò la finestra. Al di là del vetro, sotto due palme, illuminato da una corona di lucine gialle, c'era il chiosco del pollo.

## 10

# GORGHI E TAROCCHI

Arrivati a San Basilio, Rachele e Liaqat si accorsero che tutti, dai camerieri, ai tizi delle bancarelle, ai turisti, fino ai dipendenti comunali, parlavano di una sola cosa: la scomparsa di Francesca Cavenago. Ma questo non impediva al lungolago di essere circonfuso dal consueto scintillio. Barche e motoscafi portavano milanesi, svizzeri e americani avanti e indietro dalle isole, i kayak rossi e gialli scivolavano sull'acqua, e la curva morbida dell'insenatura, con la spiaggia e gli alberghi e i chioschi che servivano spritz tutto il giorno, metteva voglia di camminare scalzi. L'estate sembrava ancora nel pieno della sua gloria, ma in alto, sulle montagne, i boschi cominciavano a ingiallire. Rachele adorava quella stagione. Avesse potuto andare in giro con Merlino, sarebbe stata una delizia. Ma in testa aveva solo preghiere per il suo cavallo. Dal parco acquatico a San Basilio quasi non rivolse parola a Liaqat.

L'Albergo Roccati era una vecchia struttura ancora maestosa, che risaliva al periodo del boom turistico della zona, all'inizio degli anni Cinquanta: sei piani, intonaco rosa antico e gelosie verde salvia, tetto di pietra fatto di tegole sovrapposte. Liaqat e Rachele percorsero il viale alberato che incorniciava il lungolago e usando una scaletta di pietra scesero sull'acciottolato che lambiva la sabbia, in modo da arrivare all'albergo nascosti tra gli ombrelloni e le sdraio.

«Hai qualche idea?» chiese Liaqat.

Rachele gli lanciò un'occhiata obliqua. «Lascia fare a me.»

La vista, in direzione di Riva del Lago, era magnifica. Era pieno di gente e nessuno fece caso a loro. Si guardarono attorno in cerca di qualcuno cui chiedere informazioni sull'affitto dei kayak. Si infilarono tra i clienti e i tavolini sparsi sul prato finto all'inglese, quindi raggiunsero la striscia di sabbia che correva fin sotto al pontile.

Rachele vide un frisbee abbandonato a terra; lo raccolse con un gesto rapido e fece segno a Liaqat di continuare a camminare. Lui in un primo momento non capì cos'avesse in mente. Lei accennò con lo sguardo alla rimessa delle barche, quindi gli mostrò il frisbee, e allora, dopo averla fissata con le sopracciglia corrugate per un paio di secondi, finalmente Liaqat comprese. Rachele tirò il disco di plastica con un lancio in punta di dita. Lui lo mancò apposta. Raggiunse la striscia di sabbia per recuperarlo. Rachele lo seguì. Se lo scambiarono altre due, tre volte, finché il frisbee non finì proprio davanti all'ingresso della rimessa delle barche. Liaqat lo raccolse, Rachele si allontanò e gridò a voce alta: «Tira! Da questa parte!». Poi, mancando la presa, lo lasciò atterrare giusto vicino ai piedi di un ventenne abbronzato dalle braccia toniche, che stava riordinando la montagnola di remi lasciati da un gruppo di turisti rientrati da poco. Lui se ne accorse e con un sorriso gentile si piegò per raccogliere il frisbee e restituirlo a Rachele.

«Grazie» disse lei.

«Figurati.»

«Come si chiamano quelli?»

«I kayak?»

«Ecco... kayak.»

«Ci sei mai andata?»

«No.»

«Chiedi alla reception. Se prenoti ti porto a fare un giro.»

Rachele lasciò cadere un sospiro lentamente, come certe foglie autunnali. «Quanto mi piacerebbe.»

«E allora?» sorrise lui. «Cosa aspetti? Chiedi il permesso ai tuoi.»

«Oh, gliel'ho chiesto. È solo che...» Fece una pausa. «Sai, dopo ciò che è successo a quella donna mio padre non ne vuole sapere. Dice che è pericoloso.»

La luce negli occhi del ragazzo cambiò. «Ah... la signora Cavenago.»

«Si chiamava così?»

«Sì. Francesca. Veniva qui spesso.»

«Ma che le è successo?»

Il ragazzo allargò le braccia e scosse la testa. «Non lo so. È strano. Era abbastanza esperta. Quando veniva qui da noi, in albergo, ogni sera andava a farsi un giro attorno alle isole, sempre lo stesso, al tramonto. Però, si sa com'è il lago...»

«Com'è?»

«Be', tra correnti, gorghi, ammassi di alghe» scosse la testa. «Una brutta bestia.»

Liaqat era rimasto a distanza. Lui e Rachele si lanciarono una rapida occhiata. Doveva essere così: non c'entrava nessuna strana creatura rubata alle favole.

«Che storia» scosse la testa Rachele, tutta contrita. «Ma quindi sei stato tu a darle la barca l'altro giorno?»

«No. Lei era di casa. Il kayak se lo prendeva da sola. Poi lo lasciava lì. Per questo non ci siamo nemmeno accorti che ne mancava uno...»

In quel momento, qualcosa – o meglio, qualcuno – attirò l'attenzione di Liaqat. Un uomo si era fermato a osservarli dalla balconata. Indossava un'uniforme da guardia giurata. Liaqat lo riconobbe, sgranò gli occhi e disse: «Rachele...» ma lei lo inchiodò con una delle sue occhiate al vetriolo e senza badargli si rivolse di nuovo al ragazzo. «Senti, un'ultima cosa...»

A quel punto si sentirono chiamare.

«Ehi! Voi due...» La guardia giurata stava camminando verso di loro, procedendo a fatica sulla striscia di sabbia. Li indicava. Grondava sudore. Ma non era una guardia giurata qualunque. «Ehi! Vi ho riconosciuto, sapete? Siete quelli di ieri, eh... che fine avete fatto, poi? Vi siete intrufolati dove non dovevate, vero?»

Era il guardiano delle Grotte di Pompilio. Quello che li aveva visti e sgridati prima che superassero il nastro della zona riservata agli addetti ai lavori. Che facesse il doppio lavoro, quello lo immaginarono più tardi; che non fosse solo un lavoro, ma un piacere, lo capirono subito. Il guardiano gli caracollò contro con la foga di un gladiatore inferocito, come se attorno ci fosse un'arena piena di romani che invocavano la loro esecuzione.

«Scusami. Devo andare...» ebbe giusto il tempo di dire Rachele al ragazzo, che non capì cosa stesse succedendo, prima di buttarsi a correre insieme a Liaqat dalla parte opposta del pontile. La guardia si scapicollava, gli gridava dietro, e più gridava più loro aumentavano la velocità. Per fortuna né passare sopra il pontile né sfilarci sotto era una cosa alla sua portata. Ci si incagliò, sbraitando che li avrebbe trovati. Ah, se li avrebbe ritrovati! Continuò a urlarlo per un po', insieme ad altre cose irripetibili.

«Non posso adesso» disse la nonna di Nadia. «Non vedi che fila?»

In effetti, davanti al chiosco c'erano almeno una ventina di persone in attesa della loro porzione di pollo. Ma Nadia insistette finché la nonna non chiamò uno dei bagnini e una delle ragazze dell'accoglienza a prendere il suo posto. Sapeva che la ragazza si era presa una sbandata per lui. «Dacci dentro» le sussurrò all'orecchio, spiegandole come imbustare gli ordini.

Si ritirarono in casa, nella stanza della nonna, dove nessuno poteva entrare senza il suo permesso. Nadia e Edo le spiegarono la faccenda delle krivapete. Non le dissero della visione. Nessuno conosceva quel segreto oltre a loro e al maestro Leone. Le chiesero se, secondo lei, la scomparsa della donna, quella di cui parlavano tutti, insomma, potesse avere a che fare con cose che andavano oltre la loro comprensione. Forze antiche. Magiche.

Nonna Casadio ci pensò su, abbassò la serranda per fare più ombra, accese un bastoncino di incenso e tirò fuori delle carte: i suoi tarocchi. Accarezzò il mazzo lievemente, per il piacere di farlo, delineandone i bordi. Aveva per quelle carte un rispetto sincero, il tipo di rispetto che si ha per una persona anziana il cui giudizio sulle cose, seppure confuso e annebbiato dall'età, viene tenuto in grande considerazione.

Ne estrasse due. Le osservò. Ne estrasse altre. Le osservò di nuovo. Dal parco arrivavano gli schiamazzi dei bambini. Edo faceva rimbalzare lo sguardo tra Nadia, sua nonna e quelle figure bellissime: l'Imperatrice, l'Eremita, il Matto. La Morte. Il profumo dell'incenso lo stava stordendo. Chiuse gli occhi. Li riaprì e si ritrovò solo. Nella stanza non c'era più nessuno. Se li stropicciò con le nocche. Guardò di nuovo. Nadia e sua nonna erano tornate, ma ora stavano sedute dal lato opposto del tavolo. O forse no. Forse era lui ad aver cambiato posizione. Anche le pareti della stanza non erano pareti normali: si gonfiavano e si sgonfiavano, si increspavano come fossero liquide. Disse qualcosa che loro non sentirono. Poi la nonna si alzò, e allora li vide. I suoi piedi. I piedi erano al contrario, il tallone davanti e le dita dietro: come quelli delle krivapete raffigurate nella mostra.

Ma che...

Edo si sentì pesantissimo e poi improvvisamente leggero. Passò del tempo, non avrebbe saputo dire quanto. L'odore dell'incenso. La carezza di una mano, dietro il collo.

Finché a un certo punto spalancò le palpebre di colpo. La nonna di Nadia si stava alzando dalla sedia. La vide che si stiracchiava andando ad aprire la finestra. Edo sentì l'aria del lago sulle guance. «Sei stanco?» disse Nadia.

«Perché?»

«Ti sei addormentato.»

«Io? Non mi sono addormentato.»

«Non ti sei addormentato?»

«No.»

«Dimmi cos'ha detto, allora.»

«Chi?»

«Mia nonna. Hai sentito cos'ha detto?»

«Mi prendi in giro? Tua nonna non ha parlato.»

Nadia restò immobile per un istante, gonfiò le guance e scoppiò a ridere.

Nonna Casadio annuì e sorrise comprensiva. «A volte succede» disse.

«Cosa?» chiese Edo. «Cos'è che succede, a volte?»

«Lascia stare.» Nadia si alzò in piedi asciugandosi gli occhi che le lacrimavano. «Piuttosto: credi di poter uscire stanotte?»

## 11

# LE SORGENTI

Seduta su una panchina accanto a Edo, con l'ennesima vaschetta di pollo poggiata sulle gambe, Nadia mandò un messaggio sul gruppo WhatsApp che avevano chiamato Orfeo.

*C'è da fare una spedizione alle sorgenti del Tarvisio. Appuntamento a mezzanotte e mezza all'imbocco del sentiero che parte dalla teleferica di Acquamorta. Ci siete?*

Rachele rispose subito: *A fare?*

Nadia: *Lo capiremo. Sei con Lia?*

Liaqat scrisse: *Non chiamarmi Lia. Siamo insieme, sì.*

Rachele: *C'entrano le tizie con i piedi storti?*

Nadia: *Forse.*

Edo: *La donna scomparsa? Avete scoperto qualcosa?*

Rachele mandò un vocale. Raccontò ciò che aveva detto loro il ragazzo dei kayak, e di come avessero scoperto che la guardia dell'albergo era la stessa delle Grotte di Pompilio. «Ci ha riconosciuto. Ci ha inseguito. Siamo scappati.» Disse che lei e Liaqat si erano chiesti se la guardia fosse coinvolta nella faccenda.

Liaqat chiese cosa avesse detto la nonna di Nadia e lei rispose: «"Il male" ha detto mia nonna, "cola."»

«Cola?»

«Filtra. Nelle viscere della madre.»

Liaqat domandò quale madre. Nadia aveva fatto la stessa domanda alla nonna. «La madre Terra» era stata la risposta. «Andate dove sgorga.» Questo aveva detto. E il posto più vicino in cui sgorgasse qualcosa che aveva a che fare con la Terra, secondo lei, erano le sorgenti del Tarvisio, con la loro famosa cascata e intorno le rocce a strapiombo. Questo Nadia aveva sentito (mentre Edo non ricordava nulla). Questo riportò agli altri.

Edo non tornò a casa per pranzo. Andò in palestra a tirare pugni al sacco piccolo e sudare via l'incenso che aveva respirato da Nadia. Poi si fermò a prendere un frullato in piazza con due compagni di classe da poco rientrati da un viaggio in Giappone con le famiglie. Lui lo adorava, il Giappone, e si fece raccontare ogni cosa, morendo di invidia. Il fatto era che con la storia del bed & breakfast le mamme riuscivano raramente a portare lui e sua sorella in viaggio, mentre Edo aveva una voglia matta di andare ovunque.

Quando finalmente rincasò aveva la testa piena di *yukata*, *tatami*, *okonomiyaki* e modellini di Goldrake alti due metri. Per questo non si accorse subito delle luci blu che sferzavano la casa. La polizia. Due macchine bloccavano l'accesso al cortile e un agente era seduto dentro una delle due al posto del guidatore, con la portiera aperta. Parlava al telefono in modo concitato. Edo sentì il cuore schizzargli in gola. Gli venne in mente Orfeo e ciò che aveva imparato: che la morte può arrivare per chiunque. Lasciò cadere la bici, corse dentro e spalancò la porta entrando come un tornado. Le mamme, Elisa e Daniela, erano sedute al tavolo della cucina insieme a due agenti. In piedi, in borghese, la schiena contro il frigorifero, una tazza di caffè in mano e una giacca marrone troppo pesante per quella stagione, c'era una persona che Edo già conosceva: il commissario Fontana.

«Cos'è successo?» chiese trafelato. «State bene? Maddalena sta bene?»

«Sì, sì...» disse mamma Daniela. «Vieni qui.» Gli fece cenno di avvicinarsi. Edo obbedì e lei lo strinse in un abbraccio.

«E allora?» chiese.

«Sai la donna scomparsa?»

Edo annuì.

«Ha dormito due notti al bed & breakfast.»

«Cosa?»

«Me ne sono accorta stamattina. Ho visto la foto sul giornale. È lei, ne sono sicura.»

«E tua mamma» intervenne il commissario Fontana «ci ha subito chiamato, così come è giusto. Non gioca a fare la detective, lei.»

Edo sapeva a cosa si riferiva Fontana: già una volta le visioni di Orfeo avevano messo lui, Rachele, Nadia e Liaqat sulla stessa strada di un'indagine condotta dal commissario. E il fatto che in qualche modo, poi, loro si fossero rivelati utili per la soluzione del caso non gli era andata giù. Ma non solo. Il commissario Fontana era anche la persona che si era occupata delle indagini sulla scomparsa di Orfeo e secondo i ragazzi se ne era occupato non male, di più: malissimo. Forse per incompetenza. Forse per negligenza. Forse a causa di una vecchia ruggine tra lui e il maestro Leone, che risaliva a quando erano entrambi molto più giovani, una questione di cui il maestro non aveva mai voluto parlare.

La notte arrivò come un rapace. Il cielo si oscurò al tramonto. Certe lugubri nuvole nere che erano sbucate di soppiatto da dietro i monti a nord del lago lo coprirono e secondo la nonna di Nadia, che stava pulendo il chiosco, dovette esserci una qualche battaglia, lassù, perché si tinsero del colore del sangue. Il vento portava odore di ferro e ruggine.

Intorno alle ventitré, ciascuno a modo suo, i ragazzi dissero agli adulti di essere molto stanchi.

Rachele scambiò un bacio della buonanotte con la madre e chiese notizie a proposito del ritorno del padre, che era andato in Australia per lavoro. Le aveva promesso una collana fatta dagli aborigeni.

Accoccolato sul divano con le mamme e la sorella Edo guardava un vecchio film che non interessava a nessuno e che nessuno stava seguendo davvero, ma il cui unico scopo era farli stare lì, stretti gli uni agli altri immersi in una storia che li consolasse.

Nadia si sdraiò sul letto in camera sua, ad ascoltare musica con le cuffie e a guardare sul cellulare i video di Wu Minxia, una delle più grandi tuffatrici di sempre.

Nel piccolo appartamento del Borgo Nuovo, Hassan si addormentò come al solito prima delle dieci. Fino alle quattro del mattino Liaqat era libero di fare ciò che voleva.

Per ciascuno di loro, sgattaiolare fuori casa fu solo un problema di porte e finestre da accostare o da chiudere senza far rumore. Il sentiero che saliva alle sorgenti partiva da dietro una teleferica in disuso, lì dove i boschi alle spalle di Acquamorta s'inerpicavano in direzione delle montagne. La più lontana era Nadia, che dovette partire in bici ben prima degli altri. A Rachele avevano da poco regalato un monopattino elettrico e usò quello, pensando a come sarebbe stato, invece, andarsene in giro di notte con Merlino. A mezzanotte e mezza, illuminati da una falce di luna e dalle torce dei cellulari, si ritrovarono tutti e quattro all'arrivo della teleferica.

Edo li aggiornò sulla scoperta fatta dalla madre, ossia che Francesca Cavenago era stata loro ospite al bed & breakfast. Quando disse che a casa aveva trovato il commissario, Liaqat si lasciò scappare un sibilo di disgusto.

Come tutti loro conosceva bene Fontana: quando si incrociavano per strada quello non perdeva l'occasione di fargli notare che gli teneva gli occhi addosso e che la sua faccia non era di suo gradimento. Questo gli aveva detto una volta, con quelle parole esatte: "La tua faccia non è di mio gradimento".

Si disperarono perché l'avevano avuta a portata di mano senza saperlo. Chiesero a Edo come mai non l'avesse mai incontrata e lui spiegò quanto appreso dalla madre. «Non si è quasi mai fatta vedere, tranne per la registrazione, il primo giorno. Mia mamma non è neppure mai entrata in camera sua perché le aveva detto che non serviva pulire o altro. Che non voleva essere disturbata. Ma non solo» disse Edo. «Provate a indovinare.»

«Non è il momento per un concorso a premi» sbuffò Rachele. «Parla e basta.»

«Cavenago si era registrata sotto falso nome. Ha dato a mia madre una carta d'identità contraffatta. La foto era sua, ma i dati di qualcun altro. E per evitare casini ha pagato in contanti.»

«Che nome ha usato?» chiese Nadia.

«Non hanno voluto dirmelo, ma io poi sono andato a controllare sul registro e credo fosse Roberta Bosso...»

«Roberta Bosso» mormorò Liaqat, facendoselo girare sulle labbra, come per saggiarne il sapore.

«La polizia» continuò Edo «ha sequestrato tutto. Hanno perquisito la camera, si sono portati via ogni cosa, la borsa, i vestiti, il computer. Mamma ha detto di non essere mai entrata nella stanza da quando è arrivata...»

«Ce lo hai già detto» disse Rachele.

«E quando era arrivata?» chiese Liaqat.

«Tre giorni fa.»

Nadia, come sempre, a quel punto lo travolse di domande, molte strampalate, ma Edo non aveva nient'altro di utile da dire. Il bed & breakfast era in una palazzina adiacente a quella in cui lui abitava con la famiglia, con un'entrata in comune e, se necessario, anche con una indipendente.

«Non vi sembra strano?» disse Rachele ansimando su per il sentiero e facendo attenzione a non inciampare nelle pietre o nelle radici sporgenti. «Il tipo dei kayak all'Albergo Roccati ha detto che Cavenago, da loro, era di casa. Che ci andava sempre e si fermava anche più giorni. Perché mai avrebbe dovuto cambiare posto proprio il giorno prima di sparire? Se gli uffici erano a San Basilio, perché scegliere un bed & breakfast ad Acquamorta?»

«E perché usare un documento falso, oltretutto?»

«E andando comunque» aggiunse Liaqat «a prendere un kayak al Roccati per farsi un giro nel lago. C'è qualcosa che non torna.»

«Le cose che non tornano sono mille» sbuffò Rachele gettando un'occhiataccia a Nadia. «Pure 'sta scarpinata non torna.»

«Ci sono più cose in cielo e in terra di quante ne possiamo sognare» ribatté Nadia, usando in parte le parole citate dal maestro Leone.

«Ma non potevamo andarci di giorno?»

«Di notte è più facile sorprendere le krivapete. L'ha detto mia nonna.»

Liaqat scosse la testa. Edo non disse nulla, perché dopo le strane allucinazioni avute quel pomeriggio non era più sicuro di niente, e anzi, era disposto a credere a qualunque cosa. Impiegarono più di un'ora a raggiungere l'area delle sorgenti del Tarvisio. Lungo la strada a un certo punto Rachele si bloccò. «Ehi. Fermi.»

«Non si...»

«Shh! Ascoltate. Non sentite qualcosa anche voi?»

Era un suono sottile ma ottuso, una specie di ronzio che sembrava uscire dalla roccia e dagli alberi. Come se, dentro la montagna, fosse imprigionato uno sciame di calabroni. Il sangue si ghiacciò nelle vene dei ragazzi ed ebbero, per un istante, l'impressione di essersi seduti su un formicaio, perché era difficile, altrimenti, spiegare la sensazione di milioni di insettini impazziti tra i capelli.

Edo fu il primo a reagire, disse: «Arriva da quella parte».

Nessuno dei quattro voleva andare a vedere cos'era.

Ma tutti e quattro si mossero nella direzione del suono.

Uscirono dal sentiero ed entrarono nel bosco, dove la luce della luna non arrivava, e se arrivava disegnava ombre mostruose. I nodi sui tronchi degli alberi assomigliavano a visi da orchi. Poco più avanti incapparono in una strada sterrata più larga. La seguirono in salita, perché era da lì che arrivava il ronzio. Il cuore premeva contro la gola. Superata una curva si trovarono di fronte un grosso cancello da cui si srotolava un muro di cinta male in arnese, che da un lato si univa alla montagna, dall'altro sporgeva, come un coltello, oltre un crepaccio. Ai lati del cancello, altrettanti cartelli mangiati dalla ruggine. CAVE DI TALCO, diceva il primo. E il secondo: PROPRIETÀ PRIVATA – VIETATO L'INGRESSO ALLE PERSONE NON AUTORIZZATE.

Il rumore proveniva dall'interno.

«Cave di talco?» disse Rachele.

«Non sapevo che c'erano delle cave, qui» disse Nadia.

«Io sì» disse Edo. «Ma pensavo fossero abbandonate.»

In quel momento esplosero dei latrati e il cancello, con un fastidioso clangore metallico, iniziò lentamente ad aprirsi. Senza aspettare oltre, i ragazzi si tuffarono tra gli alberi, dove il bosco degradava in direzione del crepaccio. Quando il cancello si aprì del tutto videro i fari di un'auto schiaffeggiare il sottobosco e schizzare giù per la strada. Due uomini vestiti di scuro sgusciarono fuori come ombre tra le ombre, attardandosi a fumare una sigaretta prima di farsi inghiottire dall'antro da cui erano sbucati.

Si chiesero chi fossero, ma nel frattempo cominciarono a sentire lo scroscio delle sorgenti. Non erano lontane e ripresero il cammino. Il sentiero passava sotto una roccia a forma di fungo e arrivava dritto in bocca a un laghetto, largo una decina di metri, dentro cui cadeva un getto d'acqua che zampillava dalla montagna.

«Forse è questo che cola» disse Edo.

«È quello che ho pensato» disse Nadia.

«"Colare" non mi sembra il verbo adatto» rispose Rachele, che aveva già la faccia umida per l'acqua vaporizzata dalla cascata.

Liaqat si inginocchiò su una pietra e infilò una mano nell'acqua. Ne raccolse un po' nella coppa e la avvicinò alla bocca.

«Che fai?»

«Volevo sentire l'odore.»

«Perché?»

«Magari è...»

E stava per dire qualcosa a proposito del male che cola, e magari dell'odore di zolfo che esalava una fonte d'acqua malsana vicino al suo paese, in Afghanistan.

Ma fu in quel momento che li vide.

Due occhi. Aperti. Lo fissavano da sotto il pelo dell'acqua.

Scattò in piedi lanciando un urlo. Gli altri fecero lo stesso per reazione.

«Che c'è?» disse Rachele tremando.

«È... lei... È lei, guardate!»

«Chi... cosa?»

Liaqat indicò l'acqua e tutti e quattro, stringendosi e facendosi coraggio, si avvicinarono.

Pochi centimetri sotto la superficie, sotto il pelo dell'acqua smossa dalla cascata, giaceva un corpo. Non c'erano dubbi: era la donna della visione e delle foto. Francesca Cavenago. I capelli, sinuosi come serpenti, le fluttuavano attorno alla testa e lo sguardo era pieno dello sgomento che doveva aver provato morendo. I ragazzi, sconvolti, inchiodati al terreno, si sentirono al tempo stesso attratti e respinti da quell'orrore. Una parte di loro avrebbe voluto fuggire, scappare via a gambe levate, ma non riuscivano a staccare gli occhi dal corpo senza vita della donna.

«Come accidenti c'è arrivata quassù dal lago?»

«Sono state loro» sussurrò Nadia. «Le krivapete. Lo sapevo, lo sapevo... Non c'è altra spiegazione...» Quindi si guardò attorno, terrorizzata, e lo stesso fecero gli altri.

Il canto lugubre di un uccello notturno spezzò il silenzio della notte. Una nuvola oscurò parzialmente la luna. I quattro ragazzi si voltarono, le gambe molli, il collo rigido, dandosi la schiena l'un con l'altro per proteggersi a vicenda, e spiando il tratto di bosco che avevano di fronte, come se dall'oscurità che inghiottiva i tronchi dovesse spuntare un'orda di streghe affamate del loro sangue e della loro carne. Rimasero immobili per un tempo che sembrò eterno, durante il quale pensarono molte cose senza accorgersi di pensarle, durante cui sentirono l'odore dell'oblio di cui erano circondati, a partire da Orfeo.

Poi il vento fece il suo mestiere, spinse via la nuvola dalla luna e quel briciolo di ritrovato chiarore allentò la tensione.

Fu allora che sentirono di nuovo i latrati. Ma questa volta non più dalle cave, dove li avevano lasciati. Più vicino. Ora sembravano abitare il bosco. Intuirono che qualcuno si stava dirigendo in quella direzione. Forse erano state le loro grida a richiamarli. E come svegliandosi da un incantesimo, sentirono all'improvviso il sangue scorrere feroce nelle vene e scattarono verso valle, correndo attraverso l'oscurità come non avevano mai fatto, in tutta la loro vita; si tuffarono a rotta di collo in direzione di Acquamorta, giù per le rive, tra rovi e cespugli di sambuco, rischiando a ogni passo di inciampare e finire in un crepaccio, o di spezzarsi una caviglia dentro la tana di una volpe. Non sapevano se i cani li stessero seguendo, ma se avessero dovuto scommetterci avrebbero detto di sì, e questo diede loro forza anche quando, a un certo punto, pensarono di essere a un passo dallo stramazzare a terra. Solo giunti all'altezza della teleferica si accorsero di non sentire più il fiato degli animali dietro di loro. Ma questo non li fece smettere di correre, chi a piedi, chi in bici, e Rachele in monopattino.

Ciascuno di loro si fermò solo quando si trovò davanti al portone della propria casa.

12

# UNA NOTTE TROPPO LUNGA

Tornata al parco acquatico, Nadia s'infilò svelta sotto le coperte cercando di non pensare alla donna morta, alle krivapete, ai cani, ma quei pensieri, come certi vermicelli della carne, si erano annidati in diversi angoli della sua mente. Liaqat arrivò prima che Hassan si alzasse per andare al lavoro e nonostante la stanchezza anche lui faticò a prendere sonno. Tra tutte le cose successe quella notte, cadavere compreso, chissà perché, non riusciva a levarsi di mente le cave di talco in cui erano incappati per caso. Aveva la sensazione di conoscerle, o per lo meno di averle già viste, ma non ricordava dove. Quando il fratello si svegliò e si preparò per recarsi al forno, mentre fuori le stelle ancora resistevano alle luci dell'alba, lui non se ne accorse.

A Edo, invece, le cose andarono in modo diverso. Entrato in casa, aprendo la porta per intrufolarcisi con il passo di chi deve svaligiarla, venne accolto da un urlo.

«Dove accidenti sei stato?» gridarono in coro le sue mamme, Elisa e Daniela, e Edo quasi svenne dallo spavento. Erano entrambe pallide, sedute a una estremità del tavolo della cucina in modo da tenere d'occhio l'ingresso. Sul tavolo c'erano una tazza di caffè americano e una bottiglia di grappa con un bicchierino accanto. Edo avrebbe saputo dire a chi apparteneva una e a chi l'altro. Scoprì subito com'erano andate le cose: sua sorella, Maddalena, era stata svegliata dal miagolare del gatto, era uscita dalla stanza e aveva visto il Duca davanti alla camera del fratello. Le era sembrato strano, perché di solito loro due, Edo e il Duca, si addormentavano insieme. La porta era chiusa. Maddalena l'aveva aperta. La luce della luna aveva illuminato il letto vuoto di Edo, le lenzuola a terra. L'aveva chiamato a bassa voce. Non aveva risposto. Era andata in cucina, ma lui non era lì. Era andata in bagno e non c'era. "Forse è nel lettone" aveva pensato. Non era giusto che a lui lo facessero ancora stare nel lettone. Il Duca continuava a miagolare. Maddalena lo aveva preso in braccio. Era andata dalle mamme. *Et voilà*.

«Allora?» sbraitò Daniela.

«Ma ti sembra?» disse Elisa. «Uscire nel cuore della notte, così? Dopo tutto quello che è successo? Dopo la donna e... ma cos'hai in testa, castagne secche?»

«Dove sei stato?»

«Ecco... era solo un gioco. Mi spiace che vi siate preoccupate.»

Parlò di un'avventura, una di quelle sciocchezze estive che fanno i ragazzini, una prova di coraggio. Con Nadia, Liaqat e Rachele. Non avevano fatto niente di pericoloso, solo camminare e ridere della loro stessa paura. Avevano gironzolato tra i rumori del bosco, rami secchi che si spezzavano e rapaci notturni che mandavano segnali, raccontandosi storie di fantasmi. Lo disse come sapeva dire le cose lui, con gli occhi buoni e pieni di curiosità per la vita: occhi che sapevano sgonfiare la rabbia di chiunque.

Rimasero tutti e tre in silenzio per un tempo lungo, finché non divenne imbarazzante; e a quel punto le mamme lo spedirono a letto.

«Adesso. Subito.»

«E ne riparliamo domani.»

Ma nella loro voce non c'era più traccia di collera. Solo il riverbero dello spavento che, quello sì, avevano provato fin dentro le ossa.

Edo si rifugiò in camera. Questa storia gliel'avrebbero rinfacciata a lungo e per un po' avrebbe fatto meglio a tenere un profilo basso. Sperò che agli altri le cose fossero andate meglio, perché bisognava muoversi a indagare. Pensò al corpo di Francesca Cavenago e spazzò subito via il pensiero, dicendosi che, se non lo avessero lasciato uscire, lui avrebbe fatto quello che poteva, magari cercando informazioni in rete, da casa.

Ciò che non sapeva è che la sorpresa peggiore l'aveva avuta Rachele.

Villa Petri, dove viveva la sua famiglia, era immersa nell'oscurità, cosa che stonava con le chiamate che Rachele aveva trovato sul cellulare quando lo aveva riacceso. Dal telefono di casa e dal numero della madre. Chiamate che aveva scelto di ignorare, in attesa di inventarsi una qualche scusa accettabile nel corso del tragitto. Solo che ad attenderla non c'erano le ampie vetrate illuminate a giorno, oltre cui si sarebbe aspettata di vedere la silhouette di sua mamma a braccia conserte e vestaglia da notte, combattuta tra preoccupazione e irritazione. Ciò che trovò nel cortile, davanti all'ingresso principale, fu il Caddy bianco di Enzo, il giardiniere che era stato assunto anni prima per dare una mano con la gestione delle fioriere ed era diventato il tuttofare della villa. Enzo fumava una sigaretta appoggiato al cofano.

«Chiedo scusa. Il cellulare non...»

L'uomo la interruppe. «Lascia perdere» disse gettando il mozzicone nella ghiaia. «Forza, salta su.»

«Dove andiamo?»

Enzo era già entrato nel furgoncino e aveva messo in moto. A Rachele si gelò il sangue. D'un tratto capì perché le luci in casa erano spente, perché non c'era la madre ad aspettarla, e intuì dove stavano andando: al maneggio di San Basilio.

Rachele, ecco, aveva certo molte qualità. La determinazione, per esempio. La fiducia in se stessa, anche. Così come una certa capacità di analisi. Ma non l'empatia, e per una ragione molto semplice: a lei, del destino degli altri – che fossero fortune o sfortune – non era mai interessato granché. A patto però che questi altri fossero persone. Se invece si trattava di animali, be', allora cambiava tutto. Per questa ragione aveva ancora negli occhi l'immagine della famiglia di cinghiali. Per questa ragione da quando Merlino aveva iniziato a stare male, nonostante avesse cercato di concentrarsi sulle visioni mandate da Orfeo, i suoi pensieri l'avevano trascinata costantemente verso l'Haflinger. E per questa stessa ragione ciò che vide al maneggio, quando la madre le fece cenno di avanzare e il veterinario si scostò, la attraversò come una pugnalata.

Nella luce gialla delle lampade, Merlino era riverso di lato sulla paglia. Il manto marrone bagnato di sudore, la coda bianca scossa da guizzi elettrici, e le zampe che scalciavano l'aria in preda agli spasmi. Rachele gli girò attorno, si accucciò e gli prese il muso tra le mani. Gli occhi di Merlino erano gonfi e vacui quasi come – Rachele non riuscì a non pensarlo – quelli dei cinghiali.

Appena la vide, il cavallo allargò le froge, cercando di salutarla; ma tutto ciò che riuscì a emettere fu un nitrito sottile, che subito si perse nell'aria. Cercò di tirarsi su, dando fondo alle forze, ma ciò che ottenne fu di sollevarsi appena sulle zampe anteriori, per poi ricadere sulla paglia.

Rachele si accorse che aveva iniziato a piangere quando il primo, pesante, gocciolone di lacrime le fece il solletico al labbro. Si voltò verso la madre in una muta richiesta di aiuto: c'era sicuramente qualcosa che si poteva fare. Doveva esserci. Lei si avvicinò e le allacciò un braccio attorno alle spalle. «È peggiorato poche ore fa. Il dottore dice che forse soffrirebbe di meno se...» Non ebbe il coraggio di terminare la frase.

«Se cosa?» Rachele si sciolse dall'abbraccio. «No, è impossibile. Mi rifiuto. Avete capito che cos'ha?»

«I risultati delle nuove analisi arriveranno domani» disse il veterinario, muovendo la striscia sottile di baffi grigi che sottolineava il disegno della bocca. «Però, dai valori del sangue e dal quadro compromesso dei reni e degli altri organi vitali, credo si tratti di un grave avvelenamento. Una sostanza tossica.»

«Una sostanza tossica? Come...?»

«Non saprei» scosse la testa il dottore. «Data la quantità, escludo possa essere qualcosa che ha mangiato. Più facile l'abbia assunta bevendo.»

«Bevendo?»

«Sì. A volte concentrazioni così alte di sostanze tossiche possono trovarsi in acque inquinate. Raro, certo, ma non impossibile. Con tua mamma abbiamo ricostruito gli eventi del giorno in cui si è sentito male. Si era abbeverato al Tarvisio, vero?»

«Sì.»

«Domani avviseremo la Forestale e chiederemo che facciano delle analisi.»

«Ma lui?» esclamò Rachele, che in quel momento voleva soluzioni. «Per lui che facciamo?»

«Mi spiace» rispose il dottore. «Puoi fargli sentire quanto gli vuoi bene. Tutto qui. Puoi stargli accanto finché te la senti.»

Il modo in cui il veterinario la guardò le tolse ogni speranza. Dal box si levò un pianto di dolore e insieme di rabbia. Se Merlino aveva bevuto acqua del Tarvisio mista a sostanze tossiche, significava che qualcuno ce le aveva messe. Lei gliel'avrebbe fatta pagare.

Nonostante i tentativi di convincerla a tornare a casa

anche solo per qualche ora, Rachele restò con Merlino per l'intera notte, accucciata al suo fianco sulla paglia. Restò sveglia, perchć troppa cra la paura chc potcssc andarscnc mentre dormiva. Quando dagli interstizi tra le assi di legno iniziarono a filtrare le prime luci dell'alba e da lontano si levarono le campane della parrocchia di San Basilio, fu allora che tutto finì.

## 13

# ENTROPIA

Tra i planisferi che riempivano le pareti della sala, a casa del maestro Leone c'era anche una carta che raffigurava l'Universo. O meglio: una sua porzione. La galassia nota come Via Lattea, cui appartenevano anche il Sole e i suoi pianeti, Terra inclusa. Osservandola, Leone non poté fare a meno di pensare all'entropia, che era un po' un modo per misurare il caos, ciò che succede quando qualcosa di bello e ordinato viene messo a soqquadro, e le sue parti prendono ad andarsene ognuna per conto proprio.

Questo, pensò, era quello che stava accadendo ai suoi quattro ragazzi.

Quella mattina, come preannunciato dal messaggio, dovevano trovarsi per aggiornarlo su ciò che avevano scoperto, ma quando Nadia scese dal furgoncino del parco, presentandosi con il solito ritardo, scoprì di essere la prima. Mentre aspettavano gli altri, il maestro le offrì una tazza di tè nero al bergamotto e lei non riuscì a trattenersi dall'iniziare a raccontargli gli ultimi sviluppi: la seconda visione, le krivapete, l'avventura notturna di poche ore prima alle sorgenti del Tarvisio.

«Sei sicura che ci fosse della gente alle vecchie cave di talco?» si stupì il maestro.

«Sì, ci siamo passati davanti mentre cercavamo il sentiero per le sorgenti. C'erano delle luci e dal cancello è uscita una macchina.»

«Questo è strano. Credevo fossero abbandonate da anni. Un tempo, quando ero un giovane maestro, ci portavo le classi in gita» rifletté. Poi, dopo aver inutilmente cercato di cacciar via una mosca che aveva preso a ronzargli attorno alla testa, tornò a concentrarsi su Nadia. «Comunque... non avete chiamato la polizia?» chiese il maestro incredulo.

«Siamo scappati. Mentre eravamo lì con... sì, insomma davanti al cadavere abbiamo sentito di nuovo dei cani abbaiare. Come poco prima alle cave. Allora siamo scappati pensando ci avessero visti e volessero... Pensavamo di tornarci con lei. O non so, abbiamo fatto male?»

Leone avrebbe voluto dire sì, certo che avevano fatto male. Chi pensavano di essere? Chi pensavano fosse lui? Se si trova un cadavere ci si fa carico delle proprie responsabilità chiamando il 112, punto. Scosse la testa. Ma al posto di quelle riflessioni si sentì dire: «A volte, non è facile capire cosa è giusto».

Prima che il maestro potesse prendere una decisione – era meglio una telefonata anonima o una passeggiata per funghi durante cui sarebbe casualmente incappato nel corpo della donna? – sul gruppo WhatsApp iniziarono ad arrivare i messaggi degli altri. Quello di Rachele arrivò duro e puntuto, come una spina di pesce in gola: *Merlino è morto*. Quello di Edo era un lungo vocale in cui riassumeva le sue disavventure della notte precedente, che era stato scoperto eccetera; diceva che quel giorno era in punizione: avrebbe accompagnato sua mamma Daniela a cercare nuovi mobili per il bed & breakfast. Anche Liaqat aveva scritto un messaggio secco, tipo quello di Rachele. Diceva: *Sono un idiota, vi raggiungo appena posso.*

Lo aveva scritto mentre mulinava le gambe come per mangiarsi la strada tra casa sua e la ASL di San Basilio dove lui e Hassan avevano appuntamento, alle nove e trenta, con l'assistente sociale.

Liaqat era perfettamente consapevole dell'importanza di quegli incontri e prima di allora non era mai arrivato neppure un minuto in ritardo. Ma l'avventura alle sorgenti l'aveva distratto. Avendo lasciato il cellulare in modalità vibrazione, non aveva sentito le telefonate e i messaggi di Hassan, che voleva assicurarsi che si fosse alzato e avvisarlo che non sarebbe passato a prenderlo, perché arrivava direttamente dal lavoro. Era stato il sole del mattino, entrando dalla finestra della cucina, a fargli aprire gli occhi. Erano le nove e un quarto.

Hassan lo stava aspettando davanti al portone. Una volta al mese si vedevano con la donna che aveva seguito il loro caso sin dall'inizio. Non una cattiva persona, anzi. Era una signora atletica di mezza età, precisa e competente. Solo che aveva molti altri casi da seguire – troppi, pensava Hassan – e tendeva a trattarli più come fossero auto da revisionare che ragazzi da aiutare a crescere.

«Dove diavolo eri?» Hassan non alzò la voce, ma sembrava stesse urlando.

Liaqat inchiodò sgommando e saltò giù dalla bici.

«Siamo in ritardo.»

«Scusa.»

«Vuoi forse andare a stare in qualche comunità di Riva del Lago?»

«Ho detto scusa...»

«Rispondi.»

«No» disse Liaqat guardandosi le scarpe. «Non voglio.»

Hassan lo afferrò per un braccio. «Andiamo.»

Liaqat sapeva che suo fratello era furioso per la paura di perderlo, perché lo amava, ma quando faceva così desiderava gridargli che non era suo padre, che non era sua madre, che non aveva diritto. Invece sì. Aveva il diritto, eccome.

Salirono al secondo piano, la porta dell'ufficio era aperta. Lei li stava aspettando.

«Eccoci» disse Hassan entrando. «Ci scusi.»

«Tutto bene?»

«Sì, grazie.»

«Liaqat, sembri accaldato. Che è successo?»

Hassan tossì. «È che lui...»

«Può rispondere da solo» disse l'assistente sociale.

«Ero...» disse Liaqat. «Ho fatto tardi. Ero in bici. Ho pedalato veloce.»

«Dov'eri?»

«A colazione... a casa del maestro Leone» mentì Liaqat, sperando che quella bugia fosse sufficiente a mettere l'incontro sui giusti binari.

«Leone Manzi?» esclamò infatti l'assistente, un sorriso a illuminarle il volto. «Il maestro delle elementari?»

«Sì.»

«Oh! Ma pensa. Sono contenta che vi vediate ancora.»

Liaqat si accorse che anche Hassan sorrideva guardandolo di sottecchi. Annuì. Per il resto fu un colloquio come i precedenti. Lei chiese ad Hassan come andava il lavoro e lui confermò che procedeva come al solito. Si informò sul ritardo nel pagamento di alcune bollette e Hassan la rassicurò dicendo di averne già pagate due, ne restava solo una. Lei si raccomandò di farlo entro la fine del mese. Lui glielo promise. L'assistente si informò poi sui compiti estivi di Liaqat. Li aveva finiti? Era pronto a ricominciare la scuola? Lui disse di sì, che non vedeva l'ora. Pensò a Cloro e Chupachups e, come se l'assistente gli avesse letto nel pensiero, gli ricordò che farsi degli amici sani era importante, che gli amici possono anche salvarti la vita – disse proprio così. Stabilirono la data della visita domiciliare: fine settembre.

Quando lui e Hassan uscirono all'aperto, respirarono come dopo un'apnea.

«Ci vediamo stasera» disse Liaqat.

«Ora dove vai?»

Liaqat controllò l'ora e vide i messaggi degli altri sul gruppo Orfeo. Quel giorno ciascuno aveva le cose sue, a quanto pare. «Pensavo di passare da Marta» rispose. C'era una cosa che voleva verificare.

«Oh...» Hassan cambiò espressione. «Salutala.»

Liaqat annuì, saltando sulla bici. Sapeva che ad Hassan piaceva Marta. Ogni tanto ci pensava, a come sarebbe stata la sua vita se si fossero fidanzati e se magari fossero andati a vivere insieme loro tre, cambiando casa, magari una con una stanza tutta per lui. Raggiunse la Libreria dei due mondi facendo lo slalom nei vicoli. I rampicanti alle finestre e i loro fiorellini viola lo accolsero come sempre, dondolando come minuscole campane.

Marta stava mettendo a posto i libri illustrati per bambini. «Ehilà!» disse vedendolo entrare. «Come va?»

Liaqat fece spallucce.

«Oggi è venuto uno che voleva comprare il terzo capitolo della *Torre nera*, ma ne avevo solo uno e gli ho detto che era prenotato e dovevo ordinargliene un altro.»

Liaqat sorrise. Marta era una delle poche persone al mondo cui sorridesse davvero, con le labbra stirate fino alla fine. «Devo sapere come va a finire con Shardik.»

«Eh, eh!» gongolò Marta. «Come va a finire. Io certo non te lo dico... Ti metti di là a leggere?»

«No, oggi non riesco. Volevo chiederti una cosa.»

«Dimmi.»

«Hai presente i libri fotografici che avevi l'altro giorno?»

«Quello con le foto di Bamiyan? Lo vuoi rivedere?»

Liaqat scosse la testa. «No, non quello. Ce n'era anche uno sulla nostra zona. Su come sono cambiate Acquamorta e San Basilio nel corso del tempo.»

«Certo, te lo prendo?»

Liaqat annuì. Marta recuperò il volume dallo scaffale in alto e lo appoggiò sul bancone.

Il punto era che, mentre l'assistente sociale parlava con suo fratello, a lui, d'un tratto, era venuto in mente da dove arrivasse quella sensazione di familiarità che aveva provato la sera prima davanti alle cave di talco. Le aveva davvero già viste. E infatti, eccole. Un intero capitolo: da quando erano stati scavati i primi tunnel, alle foto in bianco e nero dell'inaugurazione ufficiale, a quelle a colori del periodo d'oro, quando ci lavoravano più di trecento minatori, fino alla loro dismissione, a metà degli anni Ottanta. Continuò a leggere e sfogliare finché incappò in una foto su due pagine. Un camion brandizzato. Una foto del 1984.

Quando la vide, gli mancò il fiato.

La osservò meglio.

"Non posso crederci" pensò. «Me lo puoi prestare?» chiese a Marta. «Te lo riporto appena posso.»

«Certo» disse lei. «Ma... va tutto bene?»

«Non lo so» disse Liaqat eccitato. «Ma credo di sì.»

# 14

# IL CADAVERE

La prima parte del magazzino in cui Edo era stato trascinato da sua madre era una specie di suq, un posto che non sarebbe sfigurato a Samarcanda o in qualche città mediorientale, anche se Edo non c'era mai stato. Insomma, era tutto un riflettere, uno scintillare, uno sfavillare, un inseguirsi di cristalli e candele deformate da specchi incastrati in sontuose cornici di legno.

«Chi stiamo cercando?» chiese Edo. «Dracula?»

Mamma Daniela si guardò attorno mugugnando, poi puntò il dito decisa verso una parete. «Ecco, una cosa tipo quella...»

Edo si voltò e si vide riflesso in un grosso specchio bronzato che pendeva da una catena di ferro spessa quanto il suo braccio, forse arrugginita per finta o forse arrugginita davvero, questo non avrebbe saputo dirlo. «Sei sicura?»

«È perfetto per la nuova stanza. Non credi?»

«Quale nuova stanza?»

«Quella ricavata dalla soffitta.»

«Quale soffitta?»

Il corpo di Daniela si sgonfiò, tanto che le venne il doppio mento. «E dire che quando sei nato mi sembrava stessi bene» sospirò sconsolata. «E ora m'accorgo che mancava un pezzo. Cos'è, il lobo frontale? Quello parietale? Ma non importa. Ti vorrò sempre bene, così come sei.»

Edo socchiuse le palpebre, fingendosi offeso. «Siete voi che non mi dite le cose.»

«Edo, amore, se la tua testa fosse sempre lì, dentro il tuo corpo, ti saresti accorto che, in tua presenza, a pranzo, a cena, io, Elisa e persino Maddalena, sono mesi che fantastichiamo su alcuni cambiamenti per il bed & breakfast. Tipo sostituire i mobili più vecchi nelle stanze che già abbiamo. E magari farne una quarta.»

«Una quarta?»

«Già, ristrutturando la soffitta. Ma non preoccuparti...»

«Non è vero. Se ne aveste parlato l'avrei sentito!»

«Edo...»

«E ci vorresti mettere quello?» Indicò lo specchio. «E come la chiami: *Stanza degli spiriti*?» Il bed & breakfast si chiamava *Casa antica*, un nome che Edo trovava eccessivo, visto che la loro casa era sì vecchia, ma non tanto da definirla antica. Ogni stanza aveva un nome. C'era la *Vecchio mulino*, perché appesa alla parete faceva mostra di sé parte di un'elica appartenuta a un mulino a vento. C'era la *Essenze*, dipinta di lilla-lavanda. C'era quella chiamata *Il fienile*, con le sedie di paglia e le travi a vista da cui pendevano finte lampade a olio. Francesca Cavenago era ospite in questa, nel fienile.

«Edo!» Daniela si illuminò tutta. «*La stanza degli spiriti* è un nome bellissimo. Allora, lo vedi che ci sei? Di tanto in tanto, almeno.»

«Serve aiuto?» Un tizio paffutello con un foulard bordeaux e occhiali spessi come fondi di bottiglia fece capolino da dietro una pioggia di gocce di cristallo di un lampadario appeso a un metro da terra. In quel momento, dalla strada, giunse uno scroscio improvviso di sirene, prima lontano, poi più vicino. Il tizio paffutello attese il loro passaggio, quindi tolse le dita dalle orecchie e come per riprendersi dal fastidio disse: «Scusate. Stavamo dicendo?».

E così Edo dovette seguire il tizio con il foulard e sua madre mentre passavano in rassegna una batteria infinita di specchi, cassapanche e armadi, su e giù per il magazzino, discutendo di prezzi e materiali e abbinamenti cromatici. Quando finalmente Daniela si reputò soddisfatta del bottino, pagò e si accordò per la consegna. Mentre tutto il resto sarebbe stato recapitato loro entro la settimana successiva, lei e Edo si sarebbero portati via lo specchio per *Il fienile*.

«Sei sicura che entri in macchina?» chiese Edo.

«Certo. Tiriamo giù i sedili dietro. Prendilo da sotto, dai... da lì...»

Uscirono barcollando e attraversarono la strada. Raggiunsero l'auto nei posti a spina di pesce davanti al lago e posarono lo specchio a terra, contro una panchina. Quando alzò gli occhi, Edo si accorse delle auto della polizia. Almeno cinque. Ammassate a un centinaio di metri. Un capannello di turisti e residenti spiava da dietro un cordone di sicurezza.

«Arrivo subito» disse.

«Ehi! Devi aiutarmi...»

«Ci metto un attimo.»

«Ma... Edo!»

Raggiunse il gruppo di curiosi e chiese a un anziano che si faceva aria con un giornale cosa fosse capitato.

«Hanno trovato un morto» disse l'uomo, con il tono con cui avrebbe detto alla moglie che nel sottoscala c'era un nido di vespe. «La corrente lo ha trascinato sulla spiaggia. Pare sia affogata.»

In quel momento dalla folla si levò un mormorio. Mentre il vecchio lo osservava storto, Edo si arrampicò su un muretto e da lì salì sopra il ramo spesso di un albero che si protendeva verso la spiaggia. Vide due uomini in tuta bianca sollevare una barella. Si diressero verso le scale che salivano alla passeggiata, dove diversi agenti di polizia, tra cui il commissario Fontana, stavano parlottando tra loro. Fu mentre gli sfilavano accanto che Fontana fece segno di fermarsi, si accostò alla barella e sollevò il lenzuolo che copriva il cadavere, giusto un angolo, quel tanto che bastò a scoprirne il volto. Dall'alto del ramo, Edo la riconobbe.

Era Francesca Cavenago.

«C'è mancato poco che non cadessi dal ramo» disse in un vocale sul gruppo Orfeo dopo essere tornato a casa, chiuso nella sua stanza.

Nadia rispose *È impossibile!* e pochi istanti dopo gli telefonò. Gli disse che era a casa del maestro Leone, che stava per portarlo alle sorgenti perché potesse vedere il corpo con i suoi occhi e anche a voce ripeté che era impossibile, che doveva essersi sbagliato: all'altezza delle sorgenti il Tarvisio era poco più di un ruscello e non poteva certo aver trascinato il cadavere a valle.

Edo rispose stizzito, cercando di non gridare, e sentì Nadia parlottare con il maestro: non lo aveva mai sentito così così turbato.

Una volta posato il telefono, Nadia e Leone rimasero a lungo in silenzio uno di fronte all'altra, seduti al tavolo della cucina.

Nadia giocherellava con le venature del tavolo. Il maestro era immerso in un dialogo con qualcuno che Nadia non vedeva, si versò del caffè e tenne la tazzina sollevata per diverso tempo, senza portarla alle labbra. L'uomo scosse la testa, più per sgombrarla dallo sciame di domande senza risposta che gli ronzavano fastidiosamente attorno. Perché le cave che dovevano essere abbandonate in realtà non lo erano? Com'era possibile che il corpo di una donna scomparsa nel lago risalisse un torrente fino alle sorgenti e poi facesse il percorso inverso? I ragazzi avevano davvero visto il suo corpo, lassù nei boschi? Poteva fidarsi? O si erano lasciati ingannare? Ma da cosa, da chi?

Quando alla fine la tazzina trovò la strada della bocca, Leone ingollò il caffè con un sorso rapido, si alzò e disse: «Mi sa che è venuto anche per me il momento di fare un giro in montagna». Afferrò il bastone con l'impugnatura d'osso a forma di testa di leone, rovistò dentro una cesta in cerca delle chiavi della macchina e uscì di casa.

Rachele non rispose al messaggio di Edo. Liaqat, invece, mezz'ora dopo scrisse che era in bici e stava andando da lui: doveva mostrargli una cosa. Edo rispose di passare dal retro e arrampicarsi in camera sua usando la grondaia. Era meglio non si facesse vedere dalle mamme.

Quando Liaqat arrivò nel vicolo, trovò Edo al davanzale ad aspettarlo. Nascose la bici lì vicino, infilò nella vita dei jeans il libro fotografico che aveva preso da Marta e si arrampicò su per la grondaia. Edo lo aiutò a entrare in modo che non facesse rumore. C'era odore di torta di mele, cannella e zucchero a velo. Liaqat se ne accorse e provò una punta di invidia per quella casa così diversa dalla sua. Daniela ed Elisa, le mamme di Edo, erano giù in cucina, stavano preparando i dolci per la colazione degli ospiti del bed & breakfast.

«Allora?»

«Io non ci capisco più niente» sbottò Edo. «Com'è arrivato il cadavere nel lago?»

«E se avesse ragione Nadia?»

«In che senso?»

«Se fossero state quelle streghe acquatiche, quelle...»

«Le krivapete?»

Edo stava per parlare, ma non ci riuscì: annuì con gli occhi iniettati di terrore. Liaqat impastò uno sbuffo a un mezzo sorriso, prese il libro fotografico che aveva portato con sé, si sedette sul letto e se lo appoggiò sulle ginocchia. «Ora ascoltami» disse a Edo. «Queste sono foto di Acquamorta, San Basilio e altri posti qui in giro. Foto vecchie, alcune antiche. Stamattina mi è venuto in mente che qui dentro forse avevo visto delle foto delle cave di talco. Così sono andato a controllare...»

«E?»

«E in effetti avevo ragione, le avevo viste. Ma non ho trovato solo quelle. Guarda...»

Liaqat sfogliò il libro fino a una doppia pagina che conteneva una sola foto: piazza delle Erbe, quella davanti alla chiesa del Borgo Vecchio. La didascalia diceva che era uno scatto del 1984. C'era un elegante chiosco di gelati che non avevano mai visto, la pavimentazione era diversa e forse anche i lampioni. Una casa, che ora era una delle più belle, sembrava sul punto di crollare. Ma soprattutto, davanti al sagrato c'era un camion, con una scritta sulla fiancata.

Edo strabuzzò gli occhi. La scritta era: K.RIVADELLAGO.

«Mi sa che le krivapete non c'entrano proprio niente» disse Liaqat. «La scritta che Orfeo ci ha mostrato è questo logo. Che sta per Kennet, punto, Riva del Lago. C'è scritto qui, nella didascalia. E non so se ti ricordi, ma la Kennet...»

Edo balzò in piedi. «Oh mio dio! È l'azienda per cui lavorava Cavenago...»

«Esatto. E non solo...» Liaqat girò altre pagine.

Edo si sporse. «Queste sono le cave, vero?»

«Sì. Guarda il cartello.»

Nel piazzale antistante le cave c'era un cartello: KENNET.

«E questo che accidenti vuol dire?»

«Il testo dice che la Kennet era proprietaria delle cave.»

«Quindi aspetta, aspetta... Cavenago lavorava per la Kennet. Orfeo ci ha mostrato una scritta che in realtà era un vecchio logo stampato sui camion della Kennet. E il corpo della donna era dentro le sorgenti...»

«Che stanno a uno sputo dalle cave.»

«Che erano della Kennet.»

«Quindi...»

«Quindi mi sa che abbiamo un problema con la Kennet.»

# 15

# IN PUNTA DI BASTONE

Il maestro Leone parcheggiò la vecchia Peugeot amaranto sotto un possente ippocastano. Nadia scese dall'auto guardandosi attorno come se temesse un agguato. Il sentiero partiva pochi metri sopra, dietro due massi erratici. Raggiunsero le sorgenti in una manciata di minuti. Lungo la strada Nadia si convinse che Edo si fosse sbagliato, e quando passarono sotto la roccia a forma di fungo, per alcuni istanti i suoi occhi furono certi di riconoscere, in certe ombre nell'acqua, il corpo della donna. Ma Francesca Cavenago non c'era più. Nadia si accostò al laghetto in cerca di prove che il cadavere fosse davvero stato lì, quella notte; sperava in un'impronta, un segno della sua presenza nella fonte. Ma niente. Pensò alle krivapete.

«Nadia... voi siete assolutamente certi...»

«Maestro! Eravamo in quattro. Cos'è stata, una specie di allucinazione di gruppo?»

Leone annuì. Osservò quel lento defluire d'acqua che a malapena riusciva a spostare certi rametti secchi. «Be', possiamo dire con sicurezza che non sono state le tumultuose acque del Tarvisio a trascinare quella povera donna a valle» disse. «L'unica è che qualcuno abbia preso il corpo. A che ora eravate qui?»

«Sarà stata l'una e mezza.»

«La polizia lo ha trovato a metà mattina. Devono averlo spostato dopo che siete andati via.»

«Quando siamo arrivati non c'era nessuno.» Nadia si strinse nelle spalle.

«E le cave?» domandò Leone guardandosi attorno. «Mi sembra siano da quella parte, vero?» Indicò una falesia che s'inerpicava attorno al costone della montagna, lì dove gli alberi si facevano più radi. «Andiamo a dare un'occhiata?»

A mano a mano che si avvicinavano, Nadia pensò che l'unica differenza, rispetto alla notte, fosse la quiete: niente sibili né ronzii, nessuna vibrazione. Sembrava che ogni cosa in natura, foglie muschio funghi animali, trattenesse il respiro, forse per discrezione, forse per paura. Gli stessi motivi per cui Nadia e il maestro camminavano facendo attenzione a dove mettevano i piedi, con la cura che, di solito, si mette nel calpestare l'erba dei cimiteri.

Il muro di cinta emerse dietro i tronchi all'improvviso. Era vecchio, mezzo crollato in più punti, ma il cancello davanti a cui si fermarono a rifiatare sembrava in ottimo stato, senza i segni della ruggine che contraddistingueva qualsiasi altra cosa, dalle vecchie insegne appese ai pali, a una betoniera abbandonata, ai tralicci. Ai lati dell'ingresso c'erano due telecamere nuovissime. Leone se ne accorse e fece segno a Nadia di indietreggiare.

Tornando indietro il maestro si fermò dove uno smottamento, forse dovuto alle forti piogge della primavera precedente, aveva fatto crollare parte del muro e accumulato una discreta quantità di macerie, formando una specie di monticello. Si guardò attorno con circospezione.

«Aiutami» disse.

«Ma stai facendo quello che penso?»

«Dammi la mano, su...»

«Maestro...»

«Dai, non fare storie.»

Con l'aiuto di Nadia, Leone si arrampicò quel tanto

da riuscire a sporgersi per spiare lo slargo su cui si affacciavano i tre ingressi principali delle cave e da cui partiva la strada che, con una serie di rapidi tornanti, conduceva a quelli superiori. Il sito era deserto. Sul terriccio si vedevano i segni recenti lasciati dalle ruote, come se dei grandi mezzi da trasporto avessero fatto manovra. Scese dal monticello e si sedette su un masso. Prese un fazzoletto dalla tasca della camicia e si asciugò la fronte. Con la punta del bastone sfiorò alcuni funghi che erano cresciuti attorno alle radici di un larice.

Nadia si accucciò sui talloni. Teneva le mani in bocca e non osava parlare.

«Allora» disse Leone rompendo il silenzio. «Ragioniamo. Potremmo fare diverse cose. La prima è avvisare la polizia. Raccontare del cadavere alle sorgenti e dell'insolita attività notturna delle cave. Ma conoscendo Fontana, vi chiederebbe cosa ci facevate di notte in giro da soli e finireste nei guai, e lui, metti anche che venisse a controllare quassù, lo farebbe con una supponenza tale da non vedere un elefante manco gli calpestasse un piede.»

«La seconda?»

«La seconda è tornare giù. E io magari stanotte vengo a fare un giro da queste parti per capire cosa succede.»

«Da solo?»

«Non credo sia il caso che voi usciate di nuovo di nascosto.»

«La terza?»

«La terza» disse Leone voltandosi a studiare il muro di cinta, «visto che sembra non esserci nessuno, è entrare adesso, giusto per dare un'occhiata.»

Gli occhi di Nadia si incendiarono di eccitazione. «La terza» disse.

«No, non ci siamo capiti. Io entro. Tu resti qui e mi copri le spalle.»

«Cosa? Non se ne parla proprio!»

«Mi servi qui fuori, Nadia. Se mi capita qualcosa solo tu puoi aiutarmi.»

«Maestro, non ti faccio entrare da solo.» La ragazza si alzò in piedi a braccia conserte, negli occhi una determinazione non tanto capricciosa, quanto solidale, consapevole che il coraggio non poteva cancellare l'età del maestro. «Guarda il bastone. Mi hai chiesto aiuto per salire su quelle pietre. E se poi non riesci a uscire, se resti bloccato? Hai bisogno di me. Se Orfeo fosse qui, non ti lascerebbe solo. E io farò ciò che farebbe lui.»

Leone si passò una mano sulla barba.

Nadia scavò nel terreno con la punta della scarpa.

«Se entriamo, dovrai fare esattamente ciò che ti dico.»

«Sì.»

«Senza discussioni.»

«Sì.»

Il maestro si appoggiò al bastone con l'aria di chi aveva in testa una tormenta, si alzò e si arrampicò di nuovo sul monticello di rovine. Se c'erano delle telecamere all'ingresso, pensò che era probabile ne avessero altre all'interno. Pensò anche che portarsi dietro Nadia fosse una sciocchezza; era già morta una persona, in quella storia e certo non era annegata per un incidente, sempre che fosse davvero annegata – cosa che l'autopsia avrebbe comunque presto rivelato. In ogni caso, c'era gente capace di uccidere. Ma le cave – e salì più in alto per osservare meglio –, le cave in quel momento sembravano davvero deserte. Si accorse di una terza telecamera, montata in cima a un palo, puntata verso la parte opposta del piazzale. Pensò che forse la fortuna era dalla loro e che erano arrivati al momento giusto, e che andarci di notte sarebbe stato certo più pericoloso.

«Non ci sono i cani?» disse Nadia all'improvviso. «Ieri c'erano. Li abbiamo sentiti, prima qui e poi alle fonti. Li vede?»

Leone scrutò ovunque. «Passami una pietra» disse allungando il braccio.

Nadia ne raccolse una grande quanto una mela. Il maestro la strinse con le dita ad artiglio e mirò a un ammasso di lamiere arrugginite, la lanciò ma la pietra andò lunga, atterrando nella terra senza produrre alcun suono.

«Un'altra.»

Nadia ne scelse una poco più grande.

Leone caricò il braccio e questa volta il lanciò andò a segno, facendo risuonare le lamiere con un clangore acuto. Attesero di sentire abbaiare, ma non accadde nulla: non ci furono latrati e nessuno accorse.

La telecamera non si mosse.

Il riverbero del clangore si spense dissipandosi nel silenzio della montagna.

«Va bene» disse il maestro respirando a fondo. «Entriamo.»

16

# LA PANCIA DELLA MONTAGNA

Edo digitò sulla tastiera del computer "Kennet Riva del Lago". Immediatamente il motore di ricerca srotolò i risultati: centinaia di pagine, articoli di giornale, pubblicità. Parlando a bassa voce, per evitare che mamma Daniela si accorgesse della presenza di Liaqat, i due si misero a leggere e a discutere, in gran parte capendoci poco, molto spesso nulla.

La Kennet, nella sua storia, si era occupata di un sacco di roba diversa, dallo sfruttamento della cave alla gestione di due grosse concerie, dall'installazione di impianti di depurazione delle acque reflue alla raccolta dei rifiuti.

*La Kennet di Riva del Lago*, lessero sul loro sito, *è specializzata nella fornitura di servizi ambientali. Anni di esperienza l'hanno resa una delle aziende più accreditate nella raccolta e nello smaltimento di rifiuti speciali, industriali e commerciali. Gestiamo rifiuti liquidi e solidi. Gestiamo rifiuti pericolosi. Siamo abilitati alla bonifica dall'amianto e allo spurgo delle strutture fognarie. Per contattarci: infokennet@kennetitaly.com – Sede legale: viale Matteotti 4, Riva del Lago.*

«Prova a cercare "Kennet" insieme a "Francesca Cavenago". Vediamo cosa esce.»

Apparvero molti articoli sulla sua scomparsa e sul ritrovamento del corpo. Interviste alla famiglia, soprattutto alla sorella che ne aveva denunciato la scomparsa, agli amici, ai colleghi. Ce n'era anche una al ragazzo dell'Albergo Roccati, quello che si occupava dei kayak.

«Credi che l'abbiano uccisa loro?» chiese Edo.

«Chi?»

«Quelli della Kennet. I suoi capi.»

«E chi lo sa?» disse Liaqat. «Forse. Oppure qualche suo collega.»

«Un suo collega? E perché?»

«Magari per una questione di sesso.»

«Di sesso?»

«Sì. Tipo qualcuno che si era innamorato di lei, ma lei non ci stava.»

«Un femminicidio?»

«Un cosa?»

«Un femminicidio» scandì Edo. «Si dice così, l'ho letto...»

«Sul giornale.»

«Sì.»

«Il punto è che potrebbe essere stato chiunque, ma di certo la sua morte ha a che fare con il suo lavoro» allargò le braccia Liaqat. «Abbiamo notizie di Rachele?»

«No.»

A Liaqat spiacque. Rachele era molto brava a collegare i pezzi. «Dobbiamo fare ordine» disse.

«Hai ragione.» Edo mescolò l'aria con un dito invitandolo a guardarsi attorno: c'erano vestiti ovunque, mutande, calze, magliette, attrezzi sportivi, il cestino traboccava di cartacce. Sembrava fosse esplosa una bomba. «Se vuoi iniziare.»

«Hai detto che Nadia e il maestro andavano alle sorgenti?»

Edo annuì.

«Raggiungiamoli.»

«Raggiungili...»

«Tu non vieni?»

«Liaqat, tu puoi fare quello che vuoi, io no. Sono in punizione. Se sgarro sono morto. O peggio. Mia madre sta trasformando la soffitta in una stanza per il bed & breakfast e se faccio sciocchezze me la farà ridipingere, magari di rosso. Rosso sangue. Il mio sangue, hai presente?»

«Fa' attenzione» disse il maestro Leone.

Nadia si sporse.

Erano scivolati silenziosi lungo il muro, poi si erano infilati tra due container di metallo e avevano raggiunto il primo ingresso: un buco nella montagna simile a una bocca spalancata, pronta a divorarli. Due corvi planarono poco distante e si misero a scavare nella polvere. Da lontano arrivava il tamburellare di un picchio. L'accesso alle cave era ampio, la luce esterna lo illuminava per diversi metri finché l'oscurità diventava una pasta impenetrabile.

«Stai qui» disse Leone. Entrò di dieci passi, il bastone stretto a metà lunghezza, come per difendersi. Si sentì risucchiare all'interno da una corrente d'aria fredda, abbastanza forte da avvertirla premere sulla nuca. Batté i piedi sollevando una nuvoletta di polvere fina che subito, rapita dalla corrente, sparì dentro la montagna, sinuosa come lo spirito di un serpente.

«Entriamo?» chiese Nadia.

Accesero le torce dei telefoni che, a causa dell'umidità e degli spazi, spandevano una luce sporca che li costringeva a far cambiare spesso direzione allo sguardo, per costruire un'immagine mentale completa di ciò che avevano attorno. Piccole creature si dileguavano al loro passaggio rifugiandosi nelle fenditure della roccia. Procedettero in silenzio inoltrandosi sempre di più nello stomaco della montagna, finché Nadia ebbe l'impressione che il mondo fuori fosse scomparso del tutto. Chiuse gli occhi, provò a sentirlo, sentire la vita in superficie che continuava – il calore del sole sulla terra, gli uccelli che si alzavano in volo, le foglie che cadevano per una folata di vento, il Tarvisio che tagliava il bosco scendendo verso il lago – ma era tutto troppo lontano. A terra, i fasci di luce evidenziavano le tracce dei camion.

«Cosa fanno, qui dentro, se non scavano più il talco?» sussurrò Nadia.

«Non ne ho idea.»

«Che abbiano trovato qualcos'altro? Magari dell'oro? Possono aver trovato qualche metallo prezioso?»

«A questo punto tutto è possibile.»

Le loro voci, per quanto basse, rimbalzavano contro la volta della caverna e ritornavano indietro avvolte in un riverbero fastidioso che li faceva sentire nudi ed esposti. In completo silenzio continuarono a camminare chiedendosi quanto fosse lunga e profonda la cava, e cosa avrebbero trovato alla fine.

Un rumore improvviso li congelò. Un tonfo. Una frattura.

Nadia guardò il maestro Leone e lui puntò la torcia ovunque, avanti e indietro. Gli spuntoni di roccia facevano guizzare sulle pareti ombre affilate. Si accorsero che alla loro destra partiva un cunicolo, abbastanza largo perché ci passasse una persona. Leone si avvicinò, diresse il fascio di luce al suo interno. Il cunicolo curvava quasi subito e lui certo non aveva intenzione di infilarcisi.

«Non è niente» sibilò. «Movimenti della roccia.»

«Non c'è pericolo che crolli la montagna, vero?»

«In questo momento» disse il maestro «ho più paura degli uomini che della montagna.»

Non si fermarono, anche se Leone iniziava ad avere male all'anca e a ogni passo tendeva ad appoggiarsi con maggiore forza al bastone. A quel punto non aveva senso tornare indietro. Continuarono finché la caverna non si biforcò, seguendo le impronte delle ruote.

Poi, una curva. Ciò che si nascondeva lì dietro si aprì davanti ai loro occhi come un sipario. Un sipario che venne loro incontro, prima compatto come un muro nero sul punto di schiacciarli, poi scomponendosi in migliaia di pipistrelli che sfrecciarono loro attorno.

Nadia e Leone furono costretti a chinarsi, stringendo la testa tra le braccia per proteggersi. Poi, quando finalmente la colonia di mammiferi volanti passò oltre, si rialzarono. A quel punto, videro qualcosa che non avevano immaginato, che prima che agli occhi si rivelò attraverso un odore acre, pungente. E che forse, anche per questo, li lasciò senza fiato.

Mamma Elisa bussò alla porta di Edo ed entrò in camera senza attendere una risposta. Edo era seduto alla scrivania.

«Ti ho portato dei fichi» disse porgendogli un piatto con tre frutti rosso-viola tagliati a metà.

Edo sbuffò. «Non mi vanno.»

«Ma che dici? Tu vai pazzo per i fichi. Li ho presi apposta per te.»

Era vero: Edo li adorava.

«Sono dolcissimi.»

Edo fece finta di non sentire. «Lasciami stare.»

Mamma Elisa chiuse gli occhi come per calmarsi, posò il piatto con i fichi su una pila di libri, accanto al computer. «Se poi, nella tua solitudine, volessi mettere un po' a posto la stanza, te ne sarei grata.»

Edo grugnì. Lei uscì chiudendo la porta.

«Se n'è andata?»

«Sì.»

Liaqat sbucò fuori da sotto il letto. Per fortuna l'avevano sentita arrivare. «Allora?»

Edo si picchiettò sulla fronte. «Intanto sentiamo dove sono Nadia e il maestro Leone.»

«Li chiamo.» Liaqat compose il numero.

«Parla piano» fece Edo.

«...»

«...»

«Niente. È staccato.»

«Chi hai cercato?»

«Nadia. Ora provo con il maestro.»

«...»

«...»

«Allora?»

«Nulla. Non prende nemmeno il suo.» Liaqat si girò di scatto e camminò avanti e indietro per la stanza. «Provo a sentire Rachele.»

«...»

«Squilla.» Attese. «Niente. Non risponde. Perché non risponde?»

«Forse stanno seppellendo il cavallo.»

«Okay, ho capito. Ma qui abbiam...»

Si voltarono entrambi. Per un istante avevano avuto l'impressione di non essere più soli, come se in camera con loro ci fosse qualcun altro. Un'ombra strisciante lungo il muro, contro la libreria e fino all'armadio, la cui anta, aperta, mostrava pantaloni e camicie appese alle grucce. Ecco: le grucce. Sia Edo sia Liaqat si chiesero se le grucce si stessero davvero muovendo o se fosse solo un'impressione. L'armadio sembrava fatto di una sostanza diversa, più instabile, e dal suo interno emerse una corrente che fece sbattere l'anta e tremare i vetri della finestra.

Il computer si accese da solo e sfarfallò.

I pixel disegnarono qualcosa. Sembrava... Era un volto, quello?

Le casse gracchiarono e arrivò la fitta alle tempie. Dolorosissima.

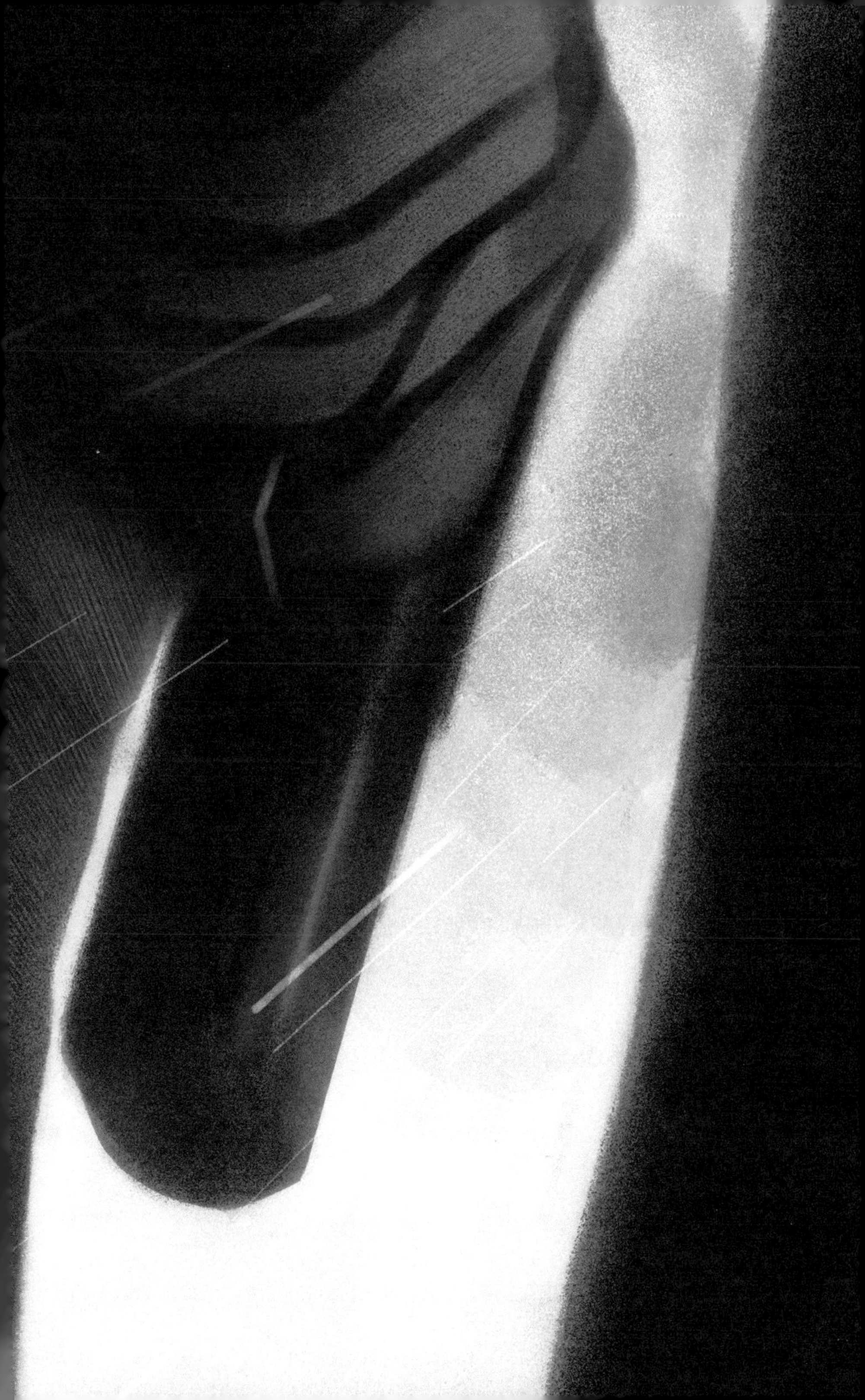

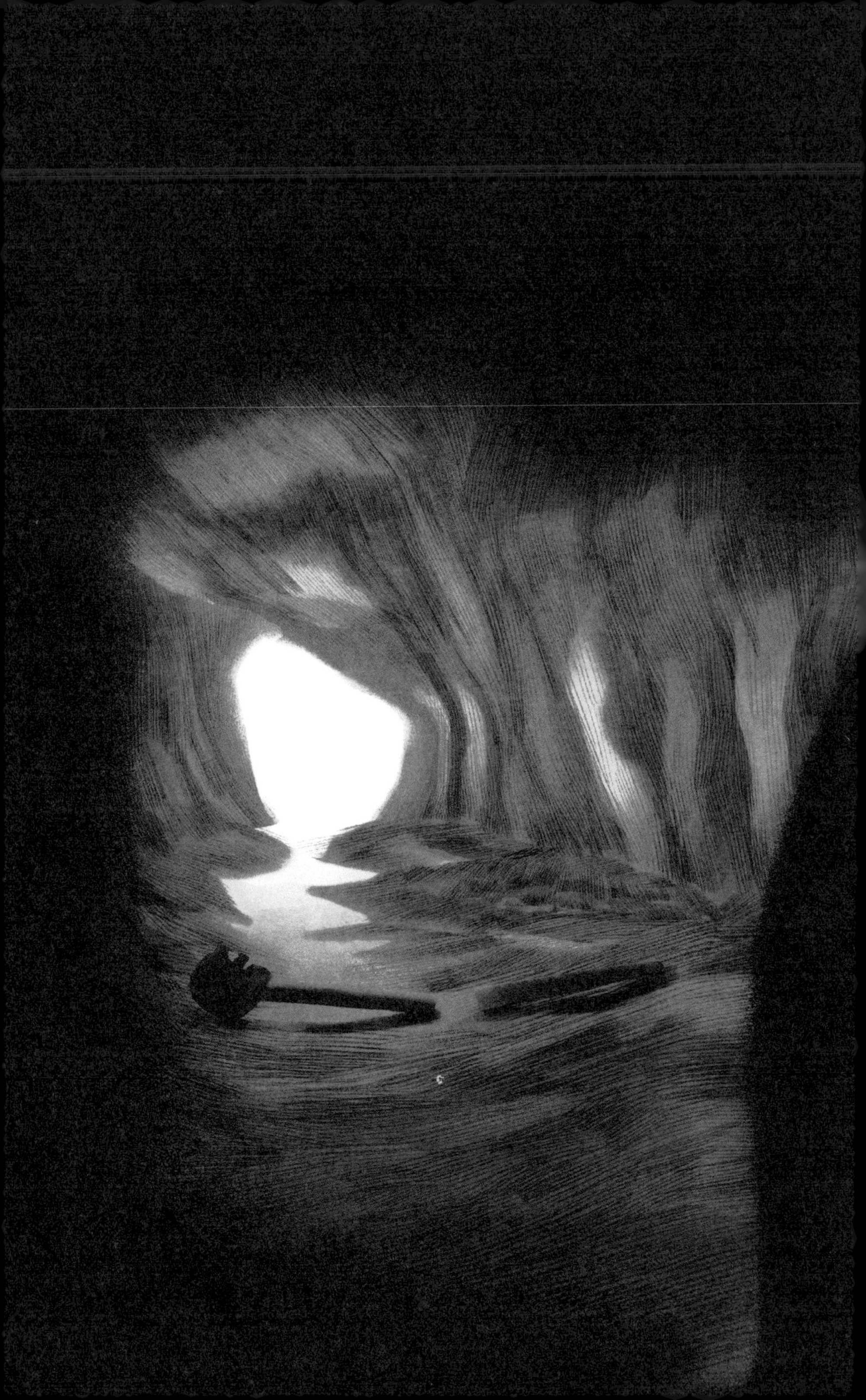

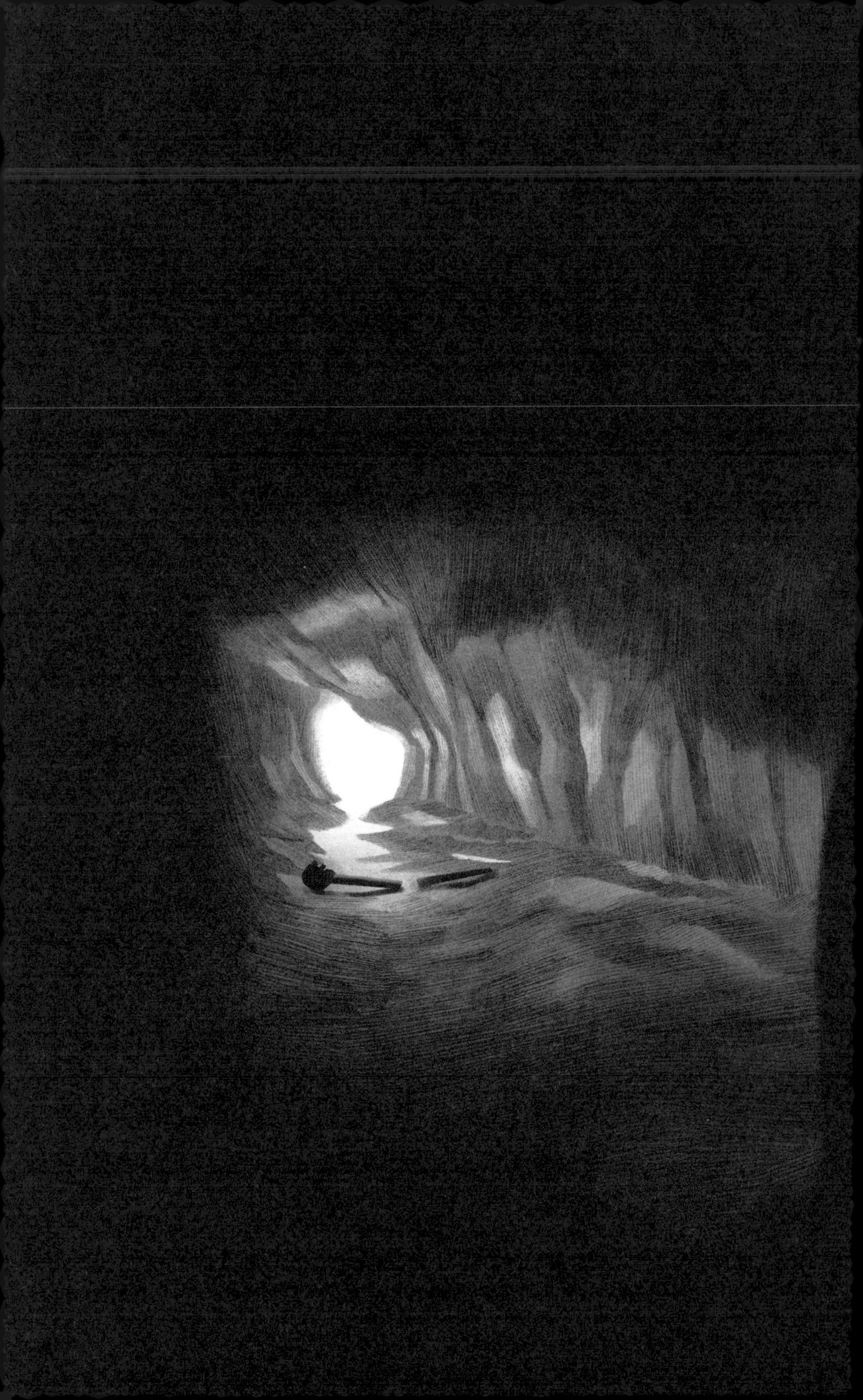

17

# CHI MUORE PER PRIMO

Liaqat corse ad aprire la finestra: aveva bisogno di aria pulita. Inspirò nella speranza che l'ossigeno spazzasse via l'oscurità della visione. Edo invece, accasciato sulla sedia di fronte alla scrivania, sollevò una mano per afferrare mezzo fico dal piatto lasciato da sua madre; lo morse con la punta dei denti, poi se lo ficcò tutto in gola e ne prese un'altra metà. Quando Liaqat si girò, gli occhi stravolti, reggendosi al davanzale come avesse paura di svenire, Edo li aveva spazzolati tutti. Sentiva la polpa zuccherina inondarlo di benessere e pensò che forse avrebbe dovuto portare sempre dei fichi con sé, in tasca o in borsa, da mangiare dopo ogni visione. Poi rievocò ciò che aveva appena visto e scattò in piedi. «Era il bastone del maestro» disse sconvolto.

«Era il suo» annuì Liaqat. «Non ci sono dubbi.»

«È in pericolo! Dobbiamo aiutarlo. E se erano insieme forse è in pericolo anche Nadia.»

«Dici che erano le cave?»

«Credo di sì.»

«Muoviamoci...»

Liaqat aprì la finestra, si appese alla grondaia e in un attimo fu nel vicolo. Edo lo seguì e saltò giù anche lui. Non aveva tempo di pensare alle conseguenze di quella nuova fuga. A tempo debito avrebbe affrontato la punizione che c'era da affrontare. Sgattaiolò in cortile per recuperare la bici e un momento dopo stavano sudando su per la via chc conduceva alla teleferica.

Non erano distanti dalle cave quando udirono il motore di un'auto che saliva lungo la strada, alle loro spalle. Scesero dalle bici, le spinsero nel sottobosco, si acquattarono e, nascosti dietro ai cespugli di mirtilli, videro passare un fuoristrada nero con i finestrini oscurati. Decisero di proseguire a piedi, al riparo degli alberi. Arrivarono sotto il muro di cinta, non lontano da dove erano entrati Nadia e il maestro. Anche loro ci si arrampicarono per scrutare all'interno, ma a differenza di quando erano entrati Nadia e il maestro, nel grande piazzale c'erano una moto e due auto: una era il fuoristrada nero visto la notte precedente.

«Non li vedo» disse Liaqat.

«Se li hanno presi, li avranno chiusi da qualche parte.»

«Da dove entriamo? Se passiamo da qui finiamo allo scoperto.»

«Eviterei pure di suonare il citofono.» Edo alzò lo sguardo verso la strada sterrata che correva su per il fianco scavato della montagna, che con quattro rapidi tornanti raggiungeva le entrate superiori. «Lassù forse c'è meno gente. Anzi, forse non c'è proprio nessuno. Non si immaginano che uno possa entrare da lì.»

«Forse perché è un suicidio?» Liaqat fece il verso di una pera spiaccicata.

«Ho fatto un corso di arrampicata, tranquillo. Tu seguimi...» Senza attendere una risposta, Edo saltò giù e si mise a correre lungo il muro di cinta. Liaqat attese qualche istante prima di andargli dietro. Sperò che nel corso di arrampicata Edo fosse il primo della classe. Gli venne da chiedersi perché avesse smesso, ma non lo fece.

Nadia e Leone erano schiena contro schiena, su due sedie, legati con delle corde ai polsi e alle caviglie. Dopo averli sorpresi li avevano portati in una delle baracche degli operai, quelle prefabbricate e simili a dei container, piazzate all'interno delle cave e poco distanti da dove erano stati catturati.

Si sentiva odore di disinfettante, alle pareti erano appesi un calendario e due poster con dei tramonti; un'asse su due cavalletti faceva da scrivania e sopra c'erano dei fogli, un'agenda, un posacenere e cianfrusaglie di varia provenienza. A Nadia non avevano fatto del male, anche perché la visione di Orfeo era arrivata, stordendola, proprio mentre la trascinavano via. Il maestro, invece, aveva reagito, e per farlo calmare gli uomini che li avevano sorpresi lo avevano colpito al volto, motivo per cui ora sanguinava da una ferita accanto all'occhio.

Erano in tre. Indossavano dei passamontagna neri. Uno di loro teneva al guinzaglio una coppia di grossi mastini che non avevano smesso un momento di ringhiare.

Dopo averli legati alle sedie, prima di andarsene, uno degli uomini si era avvicinato a Leone e con voce calma e rauca gli aveva sussurrato nell'orecchio: «Fate qualche sciocchezza e la prima a morire sarà la ragazzina. E tu farai da spettatore».

Edo in effetti si arrampicava bene. Liaqat mise le mani e i piedi dove diceva lui e in men che non si dica si ritrovarono su uno sperone di roccia da cui era possibile saltare all'interno delle cave. Il primo a lanciarsi fu Edo, poi Liaqat. Corsero nel buio della grotta più vicina e si inginocchiarono per riprendere fiato.

«Dove li avranno portati?»

«Penso che dobbiamo scendere» disse Edo. «Tu credi che le grotte siano collegate?»

«Non ne ho idea.»

«Perché altrimenti ci tocca passare all'aperto, sulla

sterrata, e sarebbe come andare in giro suonando il clacson. So che non ami i posti chiusi, ma...»

«Hai ragione.»

«Cosa?»

«Non amo i posti chiusi... Ma non abbiamo scelta.»

«E allora basta parlare. Andiamo.»

S'immersero nel buio della grotta.

Liaqat cercò di pensare a qualcosa di bello, di trovare dei luoghi luminosi nella propria mente in cui rifugiarsi per fare finta di non trovarsi lì. Pensò al suo cantuccio nella libreria. Pensò di essere Roland della *Torre nera*, e si chiese cosa avrebbe fatto lui, come si sarebbe comportato. Pensò al lago, alle barche, alla spiaggia dietro la casa del maestro Leone.

Edo, invece, che al contrario di Liaqat non perdeva occasione per infilarsi in ogni buco, non impiegò molto ad accorgersi che nei cunicoli laterali c'erano dei camini che mettevano in comunicazione le grotte a profondità diversa, forse degli sfiati per il passaggio dell'aria. In mezzo a una catasta di materiale abbandonato e coperto di polvere trovò una fune lunga una decina di metri e spessa due dita, e propose di calarsi in uno dei camini. Forse avrebbero raggiunto le cave basse, quelle che si affacciavano sul piazzale.

«Scendo per primo» disse Liaqat.

«Davvero?»

«Sì.»

Liaqat s'infilò tenendosi alla fune con le mani e alle pareti del camino con la suola delle scarpe. Sentì nell'aria un odore strano, dolciastro. Pensò all'ossigeno. Quanto ce n'era in una grotta? Pensò alle lampade usate dai minatori, quelle che aveva visto in un documentario guardato una notte, sdraiato sul suo divano letto; ricordava che si spegnevano in caso di gas velenosi. Pensò ai canarini. Pensò che forse avrebbe avuto bisogno di un canarino.

Invece, fu la corda a finire, non l'aria. Illuminò il fondo con il cellulare: non sembrava alto. Si lasciò cadere. Appena atterrato diresse la luce verso il pavimento della grotta: in un angolo vide ossa di animale. Poi qualcosa di nero si mosse nella polvere.

«Quindi loro lo sanno?» chiese il maestro Leone.

«La visione era chiara» rispose Nadia. «Sono certa che hanno capito.»

Leone scosse la testa. «Conoscendoli saranno già qui. Speriamo non siano avventati.»

«Maestro...»

«Sì?»

«Credi che vogliano farci del male?»

«Avessero voluto, si sarebbero già sbarazzati di noi.»

«Ma quello che abbiamo visto...»

«È incredibile, vero?»

«Forse Orfeo ha sentito il bisogno di intervenire anche per questo, oltre che per la donna morta.»

«Chissà» fece il maestro. «Certo sarebbe stato da lui» aggiunse con un sorriso triste.

«Ma se...»

«Aspetta...»

C'era qualcosa che gracchiava. Veniva da un giaccone appeso dietro la porta.

«Lo sento anch'io» disse Nadia.

«È una radio» disse il maestro Leone, eccitato.

«Cosa?»

«Una ricetrasmittente, nella tasca di quella giacca. Devono averla lasciata per sbaglio. Riuscissimo a prenderla, forse potremmo chiedere aiuto.»

Nadia cercò di divincolarsi. «Io potrei...»

Dei passi. Fuori. Nella cava. Il maestro Leone soffocò un grido: «Ferma!».

La porta si spalancò. Era uno degli uomini di prima.

Li scrutò attraverso i buchi del passamontagna, aveva gli occhi azzurri, quasi bianchi. Non disse nulla, ma Nadia, chissà perché, ebbe l'impressione che stesse sorridendo. L'uomo allungò un braccio, afferrò la giacca appesa e se ne andò.

# 18

# LA VORAGINE

Le cave erano un labirinto fatto della stessa sostanza dei fantasmi. Camminando, Edo e Liaqat sollevavano polvere di talco. Una polvere fine, lattiginosa, che si appiccicava alle gambe e ai polmoni, e le cui volute erano messe in evidenza dalle torce dei cellulari. Di galleria in galleria i due ragazzi si ritrovarono a chiedersi se ne sarebbero mai usciti. Liaqat tratteneva il panico chiudendo gli occhi, di tanto in tanto, per immaginare aria e cielo, e poggiando una mano sulla spalla destra di Edo per proseguire nel cammino.

Persero il senso del tempo. Ebbero paura. Ma Edo continuò a grattare le ultime croste di coraggio e a impastare positività alla voce. Liaqat se ne accorse e, senza riuscire a dirglielo, gliene fu grato. Sarà stato per quello, per gli sforzi, la fatica, ma quando sentirono una corrente d'aria solleticare loro le orecchie pensarono che fosse una giusta ricompensa.

«L'hai sentita?» chiese Edo. «Da dove arriva?»

«Credo da quella parte.»

Si spostarono il più possibile rasente alla parete della caverna. Le avevano già viste, ma in quel punto le impronte lasciate dagli pneumatici dei camion erano fresche.

«C'è un odore strano» disse Liaqat.

«Lo sento anche io. Sembra il nostro bidone dell'immondizia quando mia madre ha cucinato lo sgombro.»

Veniva dalla parte opposta rispetto alla corrente d'aria. Edo e Liaqat si guardarono per un istante, giusto il tempo necessario a trovare una conferma l'uno nell'altro, quindi si lasciarono l'aria alle spalle e seguirono il filo esile della puzza, che a dirla tutta diventava meno esile a ogni passo; finché non divenne insopportabile e dovettero coprirsi naso e bocca.

Una curva, poi un'altra.

Quello che videro all'improvviso, ossia ciò che avevano già visto Nadia e il maestro poco prima di essere catturati, li lasciò sconvolti. Intuirono di essere dentro la prima visione e il volo convulso di alcuni pipistrelli disturbati dalle torce lo confermò. Davanti a loro, come in certe immagini dell'inferno raffigurate sui libri di arte, si apriva un'immensa voragine, trasformata in una discarica abusiva di dimensioni mostruose. C'era di tutto. Materiali edili. Frigoriferi. Mobili. Sacchi neri sfondati che disseminavano spazzatura. Taniche di plastica e barili di acciaio, alcuni integri, altri da cui fuoriuscivano, attraverso dei fori, liquami putrescenti. Bidoni gonfi sul punto di esplodere. Tutto ciò in quantità inimmaginabile. Cumuli e cumuli e cumuli di rifiuti.

Edo e Liaqat li osservavano increduli.

Un clangore e un ronzio risalirono la grotta dalla stessa direzione da cui era arrivato il refolo d'aria. Si voltarono. Liaqat era stordito, tanto per la gestione del panico da claustrofobia, quanto per l'odore e per la consapevolezza di quanto stava capitando. Edo reagì con più destrezza. Afferrò Liaqat per un braccio e lo trascinò via. Il rumore aumentava. Videro dei cunicoli e si nascosero.

Attesero di veder passare qualcuno, forse un automezzo: era un rumore tipo quello di certi cingolati da cantiere. Ma invece di aumentare il suono scemò, fino a sparire del tutto. Non apparve nessuno e allora uscirono dal nascondiglio.

«Che facciamo?» disse Liaqat massaggiandosi una tempia.

«Non so. Non possiamo certo stare qui dentro per sempre.»

«Ecco, magari no...»

Ritrovarono la corrente d'aria e la seguirono. Edo aveva le scarpe piene di polvere di talco e si fermò per svuotarle. Liaqat ne approfittò per guardarsi intorno. «Ehi!» disse all'improvviso. Si allontanò di dieci passi, raccolse qualcosa che aveva intravisto illuminandolo con la torcia e tornò indietro da Edo. «Guarda!» In mano, aveva le due parti spezzate di un bastone da passeggio. «È quello del maestro» disse sforzandosi di richiamare la visione alla memoria. «Sembrava lo stessero trascinando.» Mentre lo diceva indirizzò il raggio di luce verso il terreno polveroso. «Qui!» disse. «Questi solchi...»

«Seguiamoli» rispose Edo.

«Seguire cosa?» disse una voce nel buio. Buio che, subito dopo, si riempì di un ringhio sordo.

Ci fu una fuga, e anche se non potevano andare da nessuna parte, ci provarono comunque. Forse avrebbero dovuto dividersi, ma non trovarono il coraggio: era dalla presenza dell'altro che nasceva ogni grammo di forza che ancora sentivano di avere. Da soli si sarebbero arresi prima di quanto non fecero in coppia.

In ogni caso non bastò.

Li agguantarono mentre cercavano di infilarsi in un cunicolo e li trascinarono fuori di peso. Si divincolarono, agitandosi come pesci sbattuti sulla banchina, ma fu tutto inutile.

Erano tre uomini con il passamontagna. Con loro c'erano due cani, e tanto i vestiti degli uomini quanto il manto degli animali erano chiazzati di polvere di talco.

Liaqat era troppo debole e confuso per opporre una vera resistenza. Edo ci provò, cercò persino di mollare un pugno a qualcuno, ma non era sul ring con Sacco, non aveva i guantoni e non c'erano regole. L'uomo gli afferrò il braccio e glielo torse dietro la schiena. Con la voce rauca da fumatore disse: «Se ci riprovi te lo spezzo».

## 19

# PRIGIONIERI

«Il vostro arrivo me l'aspettavo diverso» disse Nadia. «Tipo che entravate di soppiatto, ci tagliavate le corde, scappavamo via e invece...» scosse la testa preoccupata.

«Maestro» disse Edo, «tu sanguini...»

«Non è niente» biascicò Leone. Poi guardò Liaqat, che era stato legato a una maniglia imbullonata nella lamiera, accanto alla porta di ingresso, come se gli uomini in nero avessero intuito che anche in quelle condizioni preferiva restare in disparte. «Liaqat...»

Lui sollevò la testa, a fatica. Stavano riemergendo sensazioni pressate sul fondo della memoria, ma non sepolte del tutto, e aveva l'aria di uno che ha mangiato carne avariata. Smosse dagli eventi, venivano a galla con crudele precisione: non potersi muovere, il senso di soffocamento, il desiderio di addormentarsi e risvegliarsi quando tutto fosse finito – o piuttosto mai più. Residui lasciati molti anni addietro dai giorni di viaggio attraverso la Cappadocia. Quattordici uomini, donne e bambini chiusi nel doppiofondo di un camion, dentro una intercapedine alta quanto bastava a ospitare una persona sdraiata. Liaqat era immerso in uno dei suoi incubi peggiori, ma nonostante questo cercò di stendere una specie di sorriso rassicurante in direzione del maestro. Non voleva essere fonte di preoccupazione. La situazione lo era già abbastanza di suo.

«Stai bene?» chicsc Leone.

Liaqat fece spallucce. «Insomma.»

«Abbiamo scoperto delle cose» disse Edo. «Cose pazzesche...»

«Avete trovato la discarica?» chiese Leone.

«Sì.»

«Mostruosa, vero?»

«Sappiamo chi sono. Quelli che ci hanno catturato, quelli che hanno creato la discarica, sono della Kennet. La ditta per cui lavorava Francesca Cavenago. La Kennet si occupa di rifiuti e persino le cave erano sue. E anche *kriva*, la scritta della visione, Liaqat ha scoperto che era un loro vecchio logo: la K di Kennet, punto, Riva del Lago.»

Per un momento, sul viso di Nadia, la delusione di sentire quelle informazioni fece breccia nella paura per quello che li attendeva. «Siete sicuri?»

Con la voce che gli restava Liaqat raccontò di Marta e del libro fotografico. Il maestro Leone confermò tutto: ciò che stavano dicendo gli aveva fatto tornare in mente informazioni dimenticate. Era vero, la Kennet era stata la concessionaria della cava fino alla chiusura. Nel frattempo si era ingrandita, aveva fatto investimenti, acquisito altre aziende, e ora gestiva buona parte della raccolta rifiuti nell'area del bacino. «Si sono ripresi la cava senza dire niente e l'hanno trasformata in una discarica.»

«Devono essere stati loro a uccidere la donna» disse Edo. «Ma non abbiamo le prove.»

«Prove?» si lamentò Nadia. «Come fai a pensare alle prove ora?» disse. Si guardò attorno, come a ricordargli dove fossero.

«Certo che le abbiamo» disse Liaqat ignorandola. «Abbiamo trovato il cadavere nelle sorgenti del Tarvisio, che sono giusto qui dietro. Lavorava per loro. Ed ecco il perché del falso nome dato al bed & breakfast. Forse la Kennet la stava cercando o che so io.»

«Aspetta...» disse il maestro. «A questo punto sappiamo che la Kennet smaltisce rifiuti in questa discarica abusiva. Mettiamo che Francesca Cavenago avesse scoperto i loro traffici. Ma allora, perché non si è rivolta alla polizia? Se è come dici e la stavano minacciando poteva chiedere protezione. E poi abitava a Milano. Che senso ha venire a ficcare la testa nella bocca al leone, anche se sotto falso nome?»

«Forse le serviva altro materiale» disse Edo. «Aveva intuito quello che faceva la Kennet ed è venuta a indagare. L'hanno scoperta e hanno deciso di sbarazzarsene.»

«Ma ancora non mi spiego che ci faceva nella sorgente» disse Liaqat. «Mica affoghi qualcuno in una pozza, poi lo lasci lì a mollo e dopo un po' lo sposti nel lago.»

«Siete sicuri che *kriva* sia quello che dite, il logo e tutto quanto?» chiese Nadia. «Perché le krivapete, invece, loro sì che avrebbero potuto...»

«Su questo, Nadia, credo abbiano ragione» disse il maestro. «Le krivapete non c'entrano.»

«Davvero?»

«Ora dobbiamo pensare a come uscire di qui» fece Edo.

«C'è niente che tagli, in giro?» mormorò Liaqat.

«Macché...» disse il maestro. «Per lo meno, non a portata.»

«Aspettate.» Edo era legato per i polsi a un grosso gancio che pendeva dal soffitto della baracca e a differenza degli altri, che erano costretti a stare seduti, lui era in piedi, le braccia sopra la testa. Il gancio aveva un po' di gioco, non tanto, ma abbastanza da permettergli, allungandosi con le gambe, di raggiungere la parete della baracca. Si diede lo slancio. Saltò. Facendo attrito e pressione con le suole si arpionò alla parete ritrovandosi quasi parallelo al pavimento, la schiena a un metro e mezzo da terra.

A dieci centimetri dai suoi piedi, adesso, c'era una finestrella; una delle due della baracca. Si spostò verso destra, arrivando al massimo dell'estensione possibile del gancio, poi strinse i denti. «Lo faccio?»

Liaqat e Nadia guardarono il maestro.

«Sì» disse lui.

Edo piegò il ginocchio della gamba destra e colpì con il tallone la finestra, con forza sufficiente a sfondarla. Il rumore squillante dei vetri rotti echeggiò nella cava. Se qualche sgherro della Kennet fosse stato nei paraggi tra un attimo lo avrebbero avuto addosso. La maggior parte delle schegge di vetro era caduta all'esterno, ma Edo vide due grossi frammenti luccicare alla luce del neon sul pavimento della baracca, a pochi passi da lui.

Essendo l'unico seduto per terra, Liaqat era quello nella posizione migliore. Così Edo tornò a distendere le gambe, colpì con un calcio uno dei frammenti e lo mandò verso di lui, ma quello andò a sbattere contro una gamba del cavalletto che reggeva il tavolo e si fermò a una distanza impossibile da raggiungere. Restava il secondo. Edo calcolò la traiettoria nella testa, come aveva sentito dire a un giocatore di basket durante un'intervista: visualizzò ciò che doveva accadere, si allungò e colpì.

Il vetro schizzò sul pavimento attraverso la stanza finendo non molto distante da Liaqat. In quel momento, però, si resero conto che sì, Liaqat era seduto per terra e se avesse avuto tra le mani qualcosa di tagliente non avrebbe faticato a lavorare sulle corde, ma ciò con cui avrebbe dovuto tagliare le corde non era tra le sue mani. Era ai suoi piedi. Liaqat pensò di togliersi una scarpa e provare ad afferrarlo con le dita di un piede, ma poi, non essendo un ballerino classico né un ginnasta, lì sarebbe rimasto.

«Mi sa che tocca a noi» disse il maestro Leone.

Nadia lo guardò senza capire.

«Dobbiamo cadere con le sedie. Sdraiarci su un fianco.

Insieme. Se ci riusciamo, da terra forse ce la facciamo ad afferrarlo.»

«Dici sul serio?»

«Abbi fiducia. Al tre ci lasciamo cadere.»

«Cadere?»

«Da questa parte. Lato destro. Ci sei?»

«Sì...» disse lei, con il tono di una che più che altro cerca di non pensare alla botta che prenderà.

«Sei pronta?»

«Sì.»

«Dobbiamo attutire il colpo con la spalla»

«Con la spalla...»

«Esatto. Al tre?»

Leone contò e al tre si sbilanciarono. Crollarono a terra. La botta fu tremenda, ma entrambi riuscirono a evitare di sbattere la testa contro il pavimento.

Liaqat spostò con il piede il grosso frammento di vetro e lo colpì con la punta della scarpa.

Arrivò giusto sotto il braccio di Nadia.

In quel momento si spalancò la porta della baracca.

# 20

# CHI TOGLIE LE CASTAGNE DAL FUOCO

«Che diamine...?»

L'uomo con il passamontagna era furibondo. Lo si intuiva dagli occhi, anche attraverso i buchi. Dalla finestra rotta entrava la puzza della discarica. Nadia e Leone erano a terra e dallo slancio con cui l'uomo provò ad attraversare la stanza sembrava volersi avventare su di loro per prenderli a calci o chissà cos'altro.

Fu per quello, per quella sensazione di violenza che trasudava, che si mescolava, nell'aria alla puzza e al sudore, all'odore di ruggine e polvere di talco, che Liaqat reagì d'istinto. Allungò una gamba mentre quello passava e gli fece lo sgambetto. Lui crollò di faccia sul tavolo, abbattendo l'asse, i cavalletti, e facendo rovinare a terra il posacenere pieno di mozziconi di sigaretta, i fogli, l'agenda, delle penne, una tazza che andò in frantumi.

L'uomo si tirò su tenendo una mano premuta sulla fronte e nonostante il passamontagna la allontanò macchiata di sangue; filtrava dalla fronte e gocciolava sull'occhio destro. Cacciò un urlo primitivo. Afferrò un cavalletto che si era quasi spezzato, lo ruppe del tutto con la forza delle mani e si girò verso Liaqat brandendo i frammenti come i bastoni di un nunchaku. Il maestro Leone urlò di fermarsi, lo pregò di non fargli del male. Liaqat si chiuse a riccio, ginocchia al petto e testa bassa nell'inutile tentativo di proteggersi.

Non c'era altro che potesse fare.

Contrasse i muscoli in attesa del colpo.

«Ehi! Giù quei bastoni. Mettili giù, mi hai sentito? A terra. Stenditi a terra, ho detto. Tieni le mani in vista...»

La porta era rimasta aperta. La polvere di talco aveva attutito i passi.

Non li avevano sentiti arrivare.

L'agente che si materializzò dal nulla con la pistola in pugno indossava un'uniforme grigia e un cappellino morbido con la visiera, c'era scritto CORPO FORESTALE.

L'uomo con il passamontagna strinse i due pezzi di legno ancora più forte e per un attimo sembrò che volesse lanciarli, o che stesse valutando la possibilità di usarli per aggredire l'agente.

Lui impugnò la pistola più saldamente e allargò leggermente le gambe. "Non ci provare" è quello che stava dicendo senza sprecare il fiato.

L'uomo della Kennet si sgonfiò, abbassò le braccia e lasciò cadere i bastoni.

La baracca si riempì di persone. L'uomo fu portato via e il maestro Leone e i ragazzi vennero liberati. Uscendo alla luce del sole dovettero usare le mani per schermarsi, per dare tempo agli occhi di abituarsi, ma la prima persona che incontrarono nel piazzale la riconobbero dalla voce.

«A quanto pare, devo sempre arrivare io a togliere le castagne dal fuoco.»

Rachele ebbe quasi voglia di abbracciarli, e loro, senza dubbio, furono a un passo dall'abbracciare lei. Ma non lo fecero. Forse perché in quel momento arrivò una donna che disse al maestro Leone di seguirla, perché il taglio era da disinfettare; o forse perché, tra loro, le cose andavano così. Fingere di non essere particolarmente legati, se non in modo strumentale alle avventure, era un sistema per proteggersi, e tentare di gestire degli eventi che, a dirla tutta, sembravano fuori dal loro controllo.

«Hai seguito la visione?» chiese Edo. «È stata quella a portarti qui.»

«Ovvio» rispose Rachele.

«Ma...» disse Nadia guardandosi attorno «come accidenti hai fatto a convincere la Forestale a seguirti?» Poi vide entrare Fontana. «E pure la polizia. Non avrai...?»

«Parlato della visione? Ma ti sembra? Non ho voglia di essere presa per pazza. La Forestale l'avevamo contattata per la morte di Merlino. Il veterinario del maneggio e mia madre hanno fatto fuoco e fiamme e li hanno convinti a compiere delle rilevazioni nel Tarvisio, analizzare l'acqua e tutto quanto. Io ho insistito per andare con loro e insomma, così gli ho detto delle cave, degli strani movimenti che avevo visto. Ho colorato un po' la storia» disse abbassando la voce. «E insomma, li ho convinti a fare un salto qui. Poi hanno fatto tutto loro. C'erano le auto, e i tipi con il passamontagna. Non hanno impiegato molto a capire che c'era qualcosa di strano. È andata bene che siamo arrivati giusto in tempo.»

«Non capisco» disse Edo.

«Cosa?»

«Che c'entra Merlino?»

Rachele fece una pausa e tirò su col naso, come per cacciare le lacrime che si stavano affacciando. «È morto per avvelenamento. Il Tarvisio è inquinato e a quanto sentivo dire dalla Forestale, poco fa, è probabile che lo sia a causa della discarica abusiva trovata nelle cave. Colpa dei liquami. Filtrano attraverso il terreno fino alle falde acquifere. Di lì alla sorgente. Dalla sorgente al Tarvisio...»

«E dal Tarvisio al lago» disse Nadia sgranando gli occhi.

«Esatto.»

«Anche il lago è inquinato?»

«La diluizione aiuta» disse Rachele, che era una che sapeva usare la parola "diluizione" in una frase durante un discorso. «In ogni caso, faranno le analisi per capire quante sostanze tossiche ci sono nell'acqua. Lo sapremo presto.»

«Voi!»

I ragazzi si voltarono.

Il commissario Fontana si stava avvicinando procedendo a lunghe falcate con le mani infilate nelle tasche della giacca leggera; anche senza vederle si capiva che erano chiuse a pugno, strette, come se stesse cercando di frantumare una noce.

«Voi ora dovrete spiegarmi che diavolo ci fate qui, perché eravate rinchiusi e perché lei» e indicò Rachele «ha trascinato qui la Forestale per caso, questo è ciò che mi hanno riferito, per caso ma giusto in tempo per salvarvi. Allora? E sarà meglio che siate convincenti.»

«Eravamo in giro a giocare» disse Nadia.

«Stavamo facendo una gita» continuò Edo. «Una passeggiata.»

«Sì» disse il maestro Leone arrivando alle loro spalle, sulla fronte una garza tenuta ferma dai cerotti. «Erano con me. Un giro nel bosco a guardare gli uccelli e a cercare i primi funghi. Gli raccontavo la storia delle cave, quando abbiamo visto arrivare un'auto e ci siamo incuriositi. Da lì è stata come una slavina. Forse pensavano che avessimo visto qualcosa.»

«Hai messo in pericolo le vite di questi ragazzi» disse Fontana a Leone. «Sei un irresponsabile» sibilò. «Lo sei sempre stato.»

Il maestro sfiorò con un dito la medicazione. «Sono stato imprudente, te ne do atto.»

«Se non ti...»

«Ma tu dovrai spiegare com'è che non vi siete accorti di ciò che stava accadendo.»

Fontana sgranò gli occhi che trasudavano rancore.

«E non da poco tempo. Perché se le dimensioni della discarica abusiva sono quelle che ho sentito dagli agenti della Forestale, questa è una situazione che andava avanti da anni. Possibile che la Kennet abbia potuto usare tranquillamente le cave, facendo avanti e indietro coi camion, senza che nessuno li controllasse?»

«Cosa vuoi insinuare?» sputacchiò Fontana.

«Non faccio insinuazioni» rispose Leone. «Sono solo un maestro...»

«Per fortuna sei in pensione.»

«Ma continuerò a insegnare ai miei ragazzi a pensare, e a fare domande.»

Il commissario Fontana tirò fuori una mano dalla tasca e puntò il dito verso Leone. Teneva le labbra socchiuse, umide, come stesse masticando parole che non riusciva a pronunciare. «Questi piantagrane pensano anche troppo. E certamente fanno troppe domande. Dovresti insegnargli a stare al loro posto, questo dovresti fare.» Poi spostò il dito sui ragazzi, indicandoli uno a uno, lentamente. «Parlerò con le vostre famiglie. Dovrete venire in commissariato a rilasciare una dichiarazione.» Girò sui tacchi, fece alcuni passi e si voltò di nuovo. «Lo so che nascondete qualcosa, l'ho capito. E prima o poi scoprirò cosa.» Qualcuno urlò il suo nome: un agente giovane, vicino alle volanti. Il commissario disse che stava arrivando, che non c'era bisogno di gridare e andò via alzando la polvere, come faticasse a sollevare i piedi.

«Maestro?»

Leone si girò a guardare Nadia.

«Io ho trovato questo.» Aprì una mano: era un orecchino. «È caduto dal tavolo della baracca quando Liaqat ha fatto lo sgambetto al tipo che c'è crollato sopra. Ecco, forse sbaglio, ma non vi sembra...»

Liaqat fu il primo a riconoscerlo. «Era suo... era di Francesca Cavenago!»

«È quello che ho pensato.»

«Nella visione. Me lo ricordo.»

«Avete ragione» disse Rachele. «Ne aveva uno mentre stava affogando. Quindi l'altro l'aveva perso prima.»

«Ed era dentro la baracca.»

«Ecco la prova che cercavamo» disse Liaqat. «Ciò che è successo è chiaro: Cavenago stava finendo di raccogliere delle prove, forse per denunciare la presenza della discarica, mentre lo faceva l'hanno catturata, l'hanno tenuta rinchiusa nella baracca e poi l'hanno uccisa.»

Rachele mugugnò. «Ma perché poi l'hanno lasciata nella sorgente?»

«Forse li abbiamo disturbati noi» disse Nadia.

«Vabbè, ma che senso aveva trascinarla fino alla sorgente per affogarla? La potevano uccidere in mille altri modi e gettare comunque il corpo nel lago.»

«Ma loro volevano che sembrasse affogata.»

«E non potevano affogarla nel lago?»

«La sorgente era più vicina» disse Edo.

«Non mi convince» disse Rachele.

«Neppure a me» commentò Liaqat.

«In ogni caso, sappiamo che l'hanno uccisa loro...» continuò Nadia. «Dobbiamo fare qualcosa.»

Il maestro Leone le prese l'orecchino dalla mano. «Siete sicuri che sia suo?»

I quattro ragazzi annuirono.

«Al cento per cento?»

I ragazzi annuirono di nuovo.

«L'altro, quindi, lo avrà ancora avuto addosso quando l'hanno trovata.»

«Quando ho visto il corpo tirato fuori dal lago non me ne sono accorto» fece Edo. «Ma immagino di sì.»

«È probabile.» Leone si guardò attorno. «A questo punto» disse in un sussurro, «direi che c'è ancora bisogno di dare una mano alla verità.»

Mentre un giovane poliziotto cercava di tenere a bada i due grossi mastini, il gruppo di sei uomini vestiti di nero, ormai senza passamontagna, attraversava il piazzale. Erano ammanettati, le braccia dietro la schiena. Leone si staccò dai ragazzi e andò verso di loro. Ne scelse uno, uno a caso. Non diede il tempo agli agenti di capire cosa volesse fare. Gli girò attorno, afferrò il braccio di quello che aveva scelto e lo strattonò. Con voce strozzata disse che avrebbe avuto ciò che meritava, che ciò che avevano fatto era un reato contro l'umanità, che non si rendevano conto... Gli agenti intervennero. Li divisero. Allontanarono il maestro. Gli intimarono di stare distante e di non riprovarci. Il maestro chiese scusa. «Ma ciò che hanno fatto...» disse trattenendo la rabbia con i denti e con i pugni, tanto stretti da lasciargli nei palmi i segni delle unghie. «Avvelenare la terra è avvelenare la gente che la abita. Non è solo un omicidio» urlò «è anche un suicidio.» Dicendo questo, mentre un agente lo tratteneva per la manica per assicurarsi che non tornasse ad aggredire gli uomini della Kennet, Leone alzò le braccia e come per arrendersi e spalancò le mani. Erano vuote. Non c'era più traccia dell'orecchino.

# 21

# TUTTO È BENE QUEL CHE FINISCE BENE

FRANCESCA CAVENAGO, LA DONNA CHE HA SMASCHERATO LA KENNET, recitava il titolo dell'articolo che occupava l'intera prima pagina de "L'Eco del Lago", il quotidiano locale più diffuso ad Acquamorta e dintorni, con il sottotitolo: A CHE PUNTO SONO LE INDAGINI SULLO SCANDALO CHE HA TRAVOLTO LA NOTA AZIENDA DI RIVA.

A firmare il pezzo era Anita Ganna, una giornalista specializzata in cronaca locale e inchieste scomode, nota per non mollare mai l'osso, e che per questo, negli anni, era riuscita a collezionare molti più nemici che amici. A partire dai colleghi, che venivano regolarmente battuti sul tempo. Per non parlare delle autorità di polizia e di quelle giudiziarie, che spesso vedevano pubblicate fughe di notizie a indagini ancora in corso. Fino alle sue prede preferite: politici locali e piccoli imprenditori che per la loro posizione si sentivano intoccabili, e che lei invece cercava di cogliere con le mani nella marmellata di qualche affare più o meno illecito.

Tra coloro che avevano attirato le ben poco desiderate attenzioni di Ganna c'era stato anche il padre di Rachele: per diversi mesi la giornalista gli era stata col fiato sul collo per una serie di investimenti poco chiari in campo edilizio. Aveva scritto parecchi articoli in cui ricorreva sovente il suo nome, e mai per tesserne qualche elogio. Era stato proprio a partire da lì – anche se alla fine si era concluso tutto con un gran polverone – che Rachele aveva cominciato a prendere in antipatia i giornali, le cose che venivano scritte, e persino chi li leggeva.

Ecco perché anche quella mattina, mentre Edo e Nadia cercavano di strapparsi a vicenda il quotidiano dalle mani, lei rimase in disparte, come Liaqat: le braccia incrociate sul petto, le labbra arricciate in una smorfia di sufficienza, lo sguardo perso nel giardino del maestro Leone.

«Che vi prende?» Leone reggeva un vassoio con sopra cinque bicchieri pieni di limonata. «Sembrate delle galline che si beccano per il mangime.»

Edo e Nadia posarono il quotidiano appena comprato, ma già tutto spiegazzato, sul tavolo in ferro battuto, Leone vi appoggiò a fianco il vassoio, e anche Rachele e Liaqat si avvicinarono.

«Coraggio, servitevi» disse il maestro prendendo un bicchiere per invitare gli altri a fare altrettanto. «Edo» aggiunse accennando al giornale, «dicci un po' che novità ci sono.»

Edo fece sparire mezzo bicchiere di limonata, poi afferrò il quotidiano e iniziò a leggere ad alta voce.

*Riva del Lago. Un'azienda modello che faceva dell'attenzione all'ambiente, dal riciclo allo smaltimento dei rifiuti, la propria bandiera: così era conosciuta la Kennet fino allo scandalo che l'ha travolta alcuni giorni fa.*

*Quell'ecologismo strombazzato era solo una facciata dietro cui, per anni, dirigenti disonesti e senza scrupoli sono andati avanti a moltiplicare i profitti facendo sparire quintali di rifiuti tossici nelle vecchie cave abbandonate sopra Acquamorta, anziché smaltirli secondo le procedure a norma di legge. Il tutto senza preoccuparsi delle conseguenze ecologiche. Che sono gravissime.*

*Le autorità sanitarie hanno analizzato le acque del torrente Tarvisio e i risultati dei campioni hanno evidenziato altissimi livelli di inquinamento da vari metalli pesanti. Al punto che tracce degli stessi elementi sono state rilevate anche nelle acque del lago, di cui il Tarvisio è un affluente.*

*Questo significa che i crimini ambientali perpetrati dalla Kennet potrebbero aver avuto, e avere ancora, in futuro, pesanti ripercussioni anche sulla salute di tutti noi, che viviamo lungo le sponde del lago e nelle aree circostanti. Noi che per anni abbiamo usato quell'acqua nelle nostre case, nelle nostre aziende, per coltivare frutta e verdura, e che abbiamo mangiato i pesci pescati nel lago.*

*E chissà per quanto tempo ancora avremmo continuato a farlo, non fosse stato per Francesca Cavenago. L'eroica dipendente della Kennet che si pensava fosse affogata durante un'uscita in kayak, ma che in realtà, a quanto si apprende dagli inquirenti, ha perso la vita mentre indagava sulle attività illecite dell'azienda per cui lavorava. È grazie a lei che la verità è venuta a galla.*

*Secondo quanto inizia a trapelare, Cavenago era stata sorpresa a curiosare nell'area delle cave. A indirizzare le indagini è stato il ritrovamento, nelle tasche di uno degli uomini della Kennet, di un orecchino identico a quello rinvenuto sul cadavere della donna. I malviventi hanno ammesso di averla catturata e trattenuta nella cave, ma non di averla uccisa.*

*Cavenago, rimasta sola, sarebbe in qualche modo riuscita a liberarsi e scappare. E soltanto dopo averla cercata a lungo, i criminali l'avrebbero ritrovata senza vita dentro le sorgenti del Tarvisio e da lì spostata nel lago per simulare un incidente e allontanarla dal luogo del crimine.*

*Ma allora come è morta? Un pezzo di risposta l'ha dato*

*l'autopsia. Cavenago – così recita il referto – è deceduta a causa di un violentissimo trauma cranico, compatibile con una caduta da diversi metri d'altezza. Appare quindi plausibile la versione data dagli arrestati: dalla superficie delle sorgenti affiorano alcuni grandi massi e, proprio sopra, a strapiombo, corre una costa rocciosa da cui Cavenago potrebbe essere passata durante la fuga. Una caduta, a causa della concitazione del momento, o per via del terreno sdrucciolevole, le sarebbe in effetti stata fatale.*

*A volte il destino gioca brutti scherzi a chi meno lo meriterebbe. Ma quello che ci chiediamo, ora, è se questa triste vicenda possa insegnarci qualcosa. Forse può aiutarci a comprendere come alle volte certi lupi si vestono da agnelli. Francesca Cavenago l'aveva capito.*

*Ma nonostante questo, o forse proprio per questo, ha scelto di non distogliere lo sguardo, di non far finta di niente. Unendoci al dolore per la sua scomparsa, rinnovando le condoglianze alla famiglia, non ci resta che sperare che il suo esempio e il suo sacrificio continuino a ispirare attivisti e comuni cittadini negli anni a venire.*

Edo aveva letto l'intero articolo tutto d'un fiato, senza quasi respirare, accalorandosi sempre di più man mano che andava avanti. E lo stesso fece subito dopo con un altro trafiletto, più breve, in cui Emilia Cavenago, la sorella, raccontava di come Francesca, con cui divideva la casa di Milano, circa dieci giorni prima le avesse detto che doveva andare a Riva per questioni di lavoro. Riunioni, cose del genere. Ma che quando lei nei giorni successivi aveva provato a chiamarla, non aveva risposto, né l'aveva ricontattata. Così aveva iniziato a preoccuparsi, l'aveva cercata all'albergo Roccati, dove soggiornava di solito, ma niente, e niente nemmeno alla sede della Kennet. A quel punto ne aveva denunciato la scomparsa. E pochi giorni dopo aveva scoperto il peggio.

«Che storia incredibile» disse Edo sollevando lo sguardo dal giornale. «E che donna coraggiosa. Mi sarebbe piaciuto conoscerla.» Gli occhi brillavano di ammirazione.

«Certo che, però, almeno un riferimento a noi poteva farlo, Anita Ganna. Anche solo un grazie» sbuffò Rachele. «E invece niente, come se non esistessimo.»

«Che ti aspettavi?» Nadia si strinse nelle spalle. «Le notizie arrivano dalla polizia e quindi da Fontana. Non ci avrà neppure nominato. Anzi, già tanto che non abbia insinuato una nostra complicità.»

«Ma un giorno o l'altro» disse Rachele paziente «la gente riconoscerà i nostri meriti. Saprà ciò che abbiamo fatto.»

«Ciò che avete fatto lo sapete voi» la interruppe il maestro. «Dovreste esserne orgogliosi, e dovrebbe bastarvi.»

Andarono avanti a commentare le notizie sulla Kennet.

Nadia si chiese se alla fine di tutta quella storia la donna fosse davvero morta a causa di un banale incidente o se, viste le misteriose circostanze della sua fuga, non potessero entrarci le krivapete. Però non osò dire niente agli altri.

Edo avrebbe voluto tornare alle cave per esplorarle senza che qualcuno tentasse di rinchiudercelo dentro o gli sguinzagliasse dei cani inferociti alle calcagna.

Rachele notò che Liaqat era rimasto in silenzio. Lui era sempre silenzioso, ma non così, con quella luce negli occhi tipica di chi vorrebbe dire qualcosa e, allo stesso tempo, non dirla. Si chiese se anche lui pensava fosse un'ingiustizia che nessuno riconoscesse i loro meriti per la risoluzione del caso o se invece i suo fantasmi lo stessero ancora trascinando in giro per chissà dove.

Poi, però, i pensieri ricaddero su Merlino.

E, anche se le faceva male pensare che il suo amato cavallo era morto a causa sua, che l'aveva portato ad abbeverarsi al Tarvisio, si chiese quanti altri animali sarebbero continuati a morire, nel silenzio del bosco, senza che nessuno si accorgesse di nulla. Come quella povera famiglia di cinghiali. Così, per cacciare dalla testa quell'immagine raccapricciante, prese a cullarsi rievocando le cavalcate con Merlino, soprattutto quelle nel bosco di larici. E piano piano riuscì a dimenticarsi del resto.

## 22

# PECCATO CHE A VOLTE NON SIA PROPRIO TUTTO

C'era davvero qualcosa che Liaqat avrebbe voluto dire e allo stesso tempo tacere. Ma non aveva niente a che fare con gli onori della cronaca cui ambiva Rachele.

Nel corso del viaggio che l'aveva portato in Italia aveva incontrato molti tipi di uomini e donne. Tra loro c'era stato qualcuno disposto ad aiutarlo per il semplice piacere di farlo, per senso del dovere, con generosità e disinteresse. Ma molti altri invece si erano aspettati qualcosa in cambio: soldi, oggetti, favori. Aveva imparato non solo che raramente le cose sono gratis – "Diffida da chi vuole regalarti qualcosa" gli ripeteva Hassan di continuo -– ma che gli eroi sono rari.

Raggiunta la zona vecchia di San Basilio, tra i vicoli, Liaqat continuava a rimuginare su alcuni punti della faccenda, e in particolare su alcuni aspetti del comportamento di Cavenago, che negli ultimi giorni gli si riproponevano come quando bevi del latte scaduto. Sull'intuito degli altri non è che facesse molto conto, ma visto che nemmeno il maestro Leone sembrava averci fatto caso, aveva deciso di lasciar perdere: a volte il suo diffidare di tutto e tutti lo portava a vedere cose che non esistevano. E questa poteva essere una di quelle.

Eppure.

Eppure, mentre si avvicinava a piazza Garibaldi, non poté fare a meno di ripensare a certi tasselli che non combaciavano.

Che Francesca Cavenago avesse, in qualche modo, scoperto i traffici loschi dell'azienda per cui lavorava, era probabile. Che avesse deciso di andare a vedere con i propri occhi cosa succedeva alle cave, magari per scattare foto utili a incastrarli – il suo cellulare non era mai stato ritrovato – era rischioso, ma possibile. Ma perché non aveva detto nulla alla sorella, per proteggerla? Per evitare che si preoccupasse per lei? Poteva avere senso. E poi, se era consapevole dei rischi, perché non era andata alla polizia e basta, lasciando che fossero loro a indagare? O perché non ne aveva parlato con qualcun altro, qualcuno che la aiutasse? Da cosa nasceva tutta questa smania di comportarsi da eroina solitaria e di rischiare la vita?

Come spesso capitava, ogni fosco pensiero si dissolse non appena, legata la bici a un paletto, entrò nella libreria di Marta, in cerca di un po' di pace, e soprattutto di storie capaci di portarlo lontano: da se stesso, da quella vicenda e dai suoi interrogativi senza risposte.

I giorni successivi passarono pigri, come accade di solito alla fine dell'estate, accompagnati da una lieve malinconia. I compiti rimasti, qualche commissione. Liaqat riprese a gironzolare con Cloro e Chupachups, sparendo a tratti per rintanarsi a divorare pagine su pagine della saga *La torre nera*. Rachele accompagnò più volte sua madre a fare shopping – o meglio, la madre trascinò Rachele da un negozio all'altro per provare a riempire il vuoto lasciato da Merlino a colpi di carta di credito. Nadia nuotò a lungo nel suo amato lago, proprio di fronte al tubo – il grande scivolo del parco acquatico –, dispiaciuta che la pista delle anguane si fosse rivelata falsa. Edo invece venne preso in custodia da mamma Daniela, che dopo la paura della fuga notturna si era pure sentita convocare in commissariato per accompagnare il figlio che, a quanto pare, era stato preso prigioniero da una banda di criminali.

Non ci poteva credere. Preso prigioniero da dei criminali. Era un pensiero che nella sua testa non riusciva neppure ad assumere una forma.

«Tu starai a due metri da me per il resto dell'anno» gli aveva detto uscendo dall'interrogatorio con Fontana. «Ma che dico anno. Per il resto della tua vita da minorenne. E quando sarai maggiorenne, vediamo... ne discuteremo.»

Mamma Daniela ne approfittò per sgombrare il bed & breakfast dai mobili vecchi, dato che i nuovi stavano arrivando. C'era da portarli fuori dalle stanze, radunarli in cortile e caricarli sul furgone dell'azienda che si sarebbe occupata dello smaltimento – che no, ovviamente non era la Kennet, ma una delle loro concorrenti.

«Coraggio, questa è l'ultima» disse cercando di guidare giù per le scale il figlio, che reggeva una vecchia cassettiera insieme a uno degli addetti dell'azienda di traslochi.

Dopo che per tutto il pomeriggio non aveva fatto altro che andare su e giù dalle scale di casa al furgone cabinato, un vecchio Transit verdazzurro, con carichi mostruosi sulla schiena, Edo aveva male ovunque. Anzi, grazie al male aveva scoperto l'esistenza di parti del corpo che prima ignorava. Ogni singola vertebra della spina dorsale, ogni muscolo delle braccia, ogni articolazione della gamba gli doleva furiosamente. Come volessero fargliela pagare per lo sforzo a cui le aveva sottoposte. Guardando il ragazzo dei traslochi – che non sembrava altrettanto provato, motivo per cui, per puro orgoglio, Edo aveva fatto di tutto per nascondere la fatica – ecco, osservandolo finire di sistemare il carico nel cassone aperto del Transit e far firmare alcuni documenti a sua madre, Edo pensò che peggio di così non avrebbe potuto sentirsi.

Ma in quel momento il sole si spense.

All'improvviso e senza rumore, come una lampadina che si brucia. Insieme alla luce venne meno il calore del corpo. Edo sentì le ossa gelare, gli uccelli sugli alberi smisero di cantare come prima dei terremoti, o degli tsunami, e i colori persero forza, trasformando ogni cosa attorno a lui in una versione slavata di se stessa. Il ragazzo dei traslochi e sua madre rallentarono i movimenti, fino a bloccarsi del tutto, le bocche storte congelate nell'ultima sillaba, le mani intente a disegnare forme invisibili nell'aria.

Edo sentì in bocca il gusto del ferro.

Un lampo esplose fra le tempie.

## 23

# OMBRE TRA LE OMBRE

Nadia riemerse dal lago sputacchiando l'acqua che aveva bevuto quando la visione l'aveva sorpresa. Rachele sentì la madre, fuori dal camerino, chiederle: «Allora, si può sapere come ti sta?», mentre lei si vedeva di nuovo riflessa nello specchio, con addosso la camicetta a righe blu che stava provando; mentre tornava a rivedere se stessa dove, fino a un secondo prima, c'era il volto di Francesca Cavenago. Davanti a Liaqat i lineamenti della dipendente della Kennet si rimescolarono, fino a perdere contorni umani e ricomporsi in lettere, che formarono parole, e le parole frasi: le frasi della pagina che stava leggendo nel momento in cui la visione si era messa di mezzo oscurando ogni cosa.

Nessuno di loro tre aveva la minima idea di che senso avessero quelle immagini.

Edo invece sì.

Lui li conosceva benissimo, quei mobili. Erano quelli del bed & breakfast. Quelli che per tutto il pomeriggio aveva alzato, spostato, trasportato e caricato sul cassone del Transit verdazzurro che si era appena messo in moto esplodendo un denso fumo nero dalla marmitta. Il ragazzo alla guida innestò la prima.

Edo aveva pochi istanti per decidere cosa fare.

Okay, quelli erano i suoi mobili, ma perché Orfeo glieli aveva mostrati?

Cosa voleva?

Doveva impedire che il camion li portasse via?

Dove accidenti stava andando, il furgone?

Non ne aveva idea. Ma sapeva che non c'era tempo da perdere. Il Transit si mosse. Tutto ciò che riuscì a fare fu scattare a sua volta per corrergli dietro. Intanto cercò il cellulare nella tasca dei calzoni. Aprì il gruppo WhatsApp e scrisse un messaggio: ALLA PIAZZA DI BORGO VECCHIO SUBITO, così scrisse, tutto maiuscolo. Quindi condivise nella chat la posizione del cellulare in tempo reale, proprio quella funzione di cui non aveva mai capito il senso – chi dovrebbe essere interessato a seguirti metro dopo metro? Scelse il tempo più lungo possibile: otto ore. Con il furgone che acquistava velocità, allontanandosi davanti a lui lungo la stradina che attraversava il borgo, senza smettere di correre Edo caricò il braccio. E lanciò. Tenendosi le mani sulle ginocchia per riprendere fiato, osservò la parabola disegnata dal cellulare: lo vide salire verso il cielo del tardo pomeriggio, scendere e infilarsi tra i vecchi mobili del bed & breakfast, nel bel mezzo del cassone posteriore aperto.

Esultò chiudendo il pugno. «Sì!» Non restava che inventarsi una scusa con le sue mamme per sparire un'altra volta (o forse sparire e basta) e sperare che il cellulare non si fosse spaccato del tutto.

Non impiegarono molto a trovarsi sul sagrato della chiesa, gli occhi rivolti al puntino che lampeggiava sulla mappa. Il cellulare di Edo funzionava ancora e si era fermato non lontano da Acquamorta.

«Io non ci ho capito niente» disse Rachele.

«Che vuole dirci Orfeo con i tuoi mobili?» chiese Liaqat.

«Dev'esserci ancora qualcosa» disse Nadia. «Qualcosa che ci è sfuggito.»

Liaqat tese le guance. «Ma c'erano anche quelli della camera di Cavenago?»

Edo annuì. «Roba vecchia che mia mamma non vedeva l'ora di far fuori. Un paio di cose anche dalla camera che aveva occupato lei, sì.»

«Allora forse è questo.»

«Dici?»

«Dobbiamo andare a controllare.»

«E io se riesco, in effetti, vorrei cercare di recuperare il mio cellulare» disse Edo. «Magari ho solo rotto lo schermo, in fondo il segnale funziona.»

«Ma cosa pensate ci dicano dei vecchi mobili?» si lamentò Rachele.

«Dobbiamo andare a vedere» fece Liaqat. «Ormai lo sappiamo, Orfeo ha sempre un motivo per ciò che ci mostra. E io, ecco... ho l'impressione che ci sia qualcosa che non abbiamo capito. Soprattutto a proposito del coinvolgimento di Francesca Cavenago.»

Fu così che Liaqat condivise con gli altri i propri dubbi sul comportamento della donna e sulla sequenza degli eventi. Alla fine Rachele prese il telefono e guardò fisso il puntino azzurro sulla mappa. «Va bene» disse. «Andiamo.»

«Sì, andiamo» le fece eco Edo. «Ora.»

E tutti e quattro scattarono in piedi.

Con Rachele a guidare il drappello in monopattino – una mano sul manubrio e l'altra a reggere il cellulare per seguire il segnale – e gli altri in bici a pedalare dietro, abbandonarono Borgo Vecchio, presero la statale che costeggiava il lungolago e la seguirono per alcuni chilometri. L'aria era tiepida, il sole stava calando, e le luci di Riva, in lontananza, brillavano sull'acqua. Proseguirono fin quando, dopo aver superato una serie infinita di capannoni più o meno male in arnese e mangiati dalla vegetazione, arrivarono davanti a un'ampia area recintata da un alto filo spinato, oltre alla quale si intravedevano alcuni grandi hangar spiccare tra una quantità di container colorati. ISOLA ECOLOGICA – STAZIONE DI COMPATTAZIONE recitava l'insegna all'ingresso, regolato da sbarre mobili azionate da un gabbiotto in muratura, simile a quelli alle barriere dell'autostrada.

«Conosco questo posto» disse Nadia. «Sono venuta con mio padre a portare del materiale elettrico del parco acquatico, cose da riciclare.»

«Non ci sono mai stato» disse Edo. «Ma so che qui i rifiuti vengono divisi per tipologia e poi fatti a pezzi. C'è un sistema di selezione dei materiali. Scorrono su dei carrelli. Roba complicata.»

Liaqat corrugò la fronte. «E come lo sai, se non ci sei mai stato?»

«Ho visto *Toy Story 3*» disse Edo. «Hai presente quando finiscono nell'immondizia e c'è Woody che... no, vabbè, lascia perdere» aggiunse rendendosi conto che Liaqat non sapeva di cosa stesse parlando. «Il punto è che dobbiamo entrare lì dentro e ritrovare i mobili.»

I ragazzi si allontanarono in modo da non attirare l'attenzione degli addetti nei gabbiotti, quindi si nascosero per osservare cosa accadeva oltre il recinto. C'era un gran via vai. Di uomini e mezzi. Di furgoni di diverse dimensioni che stoccavano ogni genere di rifiuti nei container, i quali di tanto in tanto venivano trasportati da apposite motrici dentro uno degli hangar, da cui si alzava senza sosta un fumo denso e bianco.

«Quindi?» chiese Edo.

«Avete visto?» Liaqat accennò alle videocamere di sorveglianza piazzate a intervalli regolari sui pali della recinzione. «Se vogliamo entrare dobbiamo sperare che a un certo punto qui chiuda tutto e non restino guardiani o altro.»

«Perfetto» sbuffò Edo pensando a quante volte, da lì a sera, le mamme lo avrebbero chiamato al telefono senza trovarlo. «Per me è la fine. Sarò in punizione fino all'università.»

«Abbiamo anche un altro problema» disse Rachele osservando lo schermo del cellulare. «Il segnale è sparito.»

«Cosa?» Edo si scapicollò a controllare sullo schermo di Nadia.

«Per quanto tempo avevi impostato la condivisione?»

«Otto ore.»

«Sei sicuro?»

«Certo che sono sicuro.»

«Allora dev'essersi spento.»

«Forse si è scaricata la batteria» disse Liaqat.

«Oppure l'hanno triturato.»

A Edo venne da piangere. «Ottimo» scosse la testa. «Ottimo davvero...»

A parte Liaqat, che non ne aveva bisogno, gli altri si inventarono una scusa con i genitori per giustificare il fatto che sarebbero rimasti fuori casa più a lungo del solito. Edo usò il cellulare di Rachele e disse che era con lei, che c'era stata un'emergenza, ma le urla di mamma Elisa le sentirono tutti, al punto che Edo dovette fingere un'interferenza – un'improvvisa mancanza di campo – per chiudere la telefonata.

Il tramonto indugiò parecchio prima di cedere il posto all'oscurità. A quel punto le attività all'interno dell'isola ecologica si arrestarono. Gli addetti finirono i turni, raggiunsero le auto e uno dopo l'altro lasciarono il sito. Edo, Rachele, Nadia e Liaqat li osservarono seduti alla pensilina di una fermata del bus, come in attesa della corriera. Quando in cielo sorsero le prime stelle, entrarono in azione.

Si avvicinarono alla recinzione. Liaqat, che era il più forte, fece salire sulle proprie spalle prima Nadia e poi Edo i quali, una volta in cima, aiutarono lui e Rachele a farsi scivolare dall'altra parte.

«Separiamoci» disse Edo. «I mobili sono quelli della visione. Siete in grado di riconoscerli?»

«Più o meno» fece Liaqat. «Non è che ci ho fatto molto caso.»

«Io sì» disse Rachele. «Adoro gli arredi. Io e Lia andiamo insieme.»

«Non chiamarmi Lia.»

Edo andò con Nadia verso gli hangar. I container, così come il loro contenuto, alle deboli luci dei lampioni sembravano tutti uguali, senza contare che c'era sempre la possibilità che qualche allarme scattasse da un momento all'altro. Passò del tempo. Dopo un'ora a cercare senza trovare nulla, Liaqat scorse Rachele addossata contro un container, tutta presa a sbirciare oltre l'angolo. Le si avvicinò piano alle spalle e, quando le appoggiò una mano sulla spalla, lei trasalì.

«Che accidenti ti prende?» chiese la ragazza voltandosi di scatto.

«Nervosa?»

«Non sono nervosa.»

«Hai visto qualcosa di interessante?»

«Guarda lì.»

Liaqat si affacciò oltre l'angolo del cassone e ogni voglia di scherzare colò via come da una lattina rovesciata. Davanti a loro correva la recinzione esterna dell'isola ecologica, al di là della quale c'era la strada da cui erano arrivati, su cui un'auto procedeva a passo d'uomo, i fari che illuminavano la notte. Aveva delle sirene montate sul tettuccio. Spente.

«Secondo te è la polizia?» chiese Liaqat.

«Non proprio. Forse una società di controllo privata.»

Dalla posizione in cui si trovavano, si riusciva a distinguere appena il colore della carrozzeria, bianco, e delle scritte strane sulla fiancata, ma niente altro.

«Dobbiamo toglierci di qua» aggiunse Rachele, quando vide l'auto fermarsi davanti all'entrata dell'isola ecologica e le sbarre automatiche alzarsi per farla entrare.

Dalla parte opposta del sito, Nadia si guardava attorno. Dopo aver controllato dentro uno degli hangar lei e Edo si trovavano all'incrocio tra due strade interne disegnate dalle batterie di container. E fu in quel momento che accadde. Un'improvvisa folata di vento pescò dalla cima di un mucchio di rifiuti solidi un largo brandello di plastica, tipo quella dei sacchi neri dell'immondizia. Prima lo fece svolazzare, quindi lo tirò giù, facendolo rimbalzare un paio di volte nella corsia alle spalle di Edo senza che lui vedesse nulla, per poi mandarlo a perdersi chissà dove. Come un'ombra tra le ombre. Nadia, però, quell'ombra l'aveva vista. E per effetto del vento che aveva gonfiato il sacco di plastica come una vela, le aveva ricordato la figura di una donna, una di quelle con un ampio cappello e un lungo mantello raffigurate nella mostra al parco acquatico: la silhouette di un'anguana.

«Che c'è?» chiese Edo.

"Dev'essere solo suggestione" pensò lei. «Niente» disse. Non voleva rimettersi a discutere delle krivapete. Non voleva illudersi di nuovo di riuscire a vederle. Però sentiva il cuore battere forte, più forte del normale. «Niente» ripeté. «Guardiamo da quella parte?» aggiunse indicando dove era volato il sacco di plastica.

Edo fece spallucce. «Per me...» Per lui, a quel punto, una direzione valeva l'altra.

Incapparono in un cassone pieno di detriti di metallo. Vecchie intelaiature, forse di mobili da ufficio, portiere di automobili, telai di biciclette arrugginite. Poi in uno ricolmo di una quantità assurda di plastica: bottiglie, etichette, borse, contenitori a uso alimentare di ogni forma e dimensione. E poi bicchieri, posate, penne, addirittura un nano da giardino e un albero di Natale artificiale.

«Incredibile quanta roba la gente compra solo per poi disfarsene» disse Edo, raggiungendo Nadia davanti al container successivo. Si sporsero oltre il bordo usando i gradini di metallo saldati. Erano parti di mobili in legno, in buona parte frantumati e sminuzzati. Edo disse che non riusciva a distinguerli, e che non sarebbe comunque servito a nulla, perché qualsiasi cosa stessero cercando ormai sarebbe andata distrutta.

«Quella cos'è?» chiese Nadia.

«Dove?»

«Da questa parte.»

Alla loro destra c'era una struttura grande quanto un campo da tennis, aperta su tre lati, coperta da una tettoia.

«Sembrano mobili, o sbaglio?»

Edo scese e si avvicinò. «Fai luce con il cellulare.»

Nadia lo raggiunse e indirizzò il raggio della torcia.

C'era scritto RECUPERO – MERCATO DELL'USATO. Librerie, tavoli, sedie. Alcune in ottime condizioni, altre da restaurare. A un primo sguardo non sembrava esserci nulla di Casa Antica, ma poi la luce andò a riflettersi contro qualcosa: un pomolo d'ottone di un guardaroba, un pomolo d'ottone che Edo riconobbe immediatamente perché da piccolo adorava svitarlo e nasconderlo.

«Ehi!» gridò cercando di ingoiare l'urlo. «Qui, svelta!»

Quando Nadia illuminò quell'angolo del capannone, la luce disegnò i bordi di un sacco di mobili ammassati ordinatamente e, tra le altre cose, fece emergere dall'oscurità una cassettiera, un appendiabiti e uno specchio appartenuti al bed & breakfast. Nadia riconobbe ciò che aveva visto fluttuare nella visione.

«Sono loro!» disse Edo, saltellando come se dovesse andare in bagno. «Sono loro! Scrivi agli altri e digli di venire subito qui.»

«Gli mando la posizione» disse Nadia.

Edo iniziò ad aprire i cassetti e le ante.

«Ma cosa cerchiamo?» chiese Nadia.

«Non saprei. Qualunque cos...»

Uno squillo. Il cellulare di Nadia.

«Dimmi» rispose lei. «... Okay... Sì. Arriviamo.»

«Che succede?» chiese Edo.

«Rachele e Liaqat sono appena usciti.»

«Da dove?»

«Da qui, no? Da dove vuoi che siano usciti?»

«Perché?»

«Dice che hanno visto una macchina. Una specie di vigilanza notturna. Di quelle private. Sono entrati.»

«Entrati?»

«Sì. Per un giro di controllo.»

«Merda.»

«Hanno detto di nasconderci.»

Per un momento, davanti agli occhi di Edo passò l'immagine di lui e Nadia beccati da un vigilante, caricati sulla macchina, portati alla centrale di polizia e costretti a dover spiegare al commissario Fontana e ai genitori – ancora una volta – cosa stavano facendo di notte dentro l'isola ecologica, cosa stavano cercando, in quale brutta storia fossero coinvolti e via dicendo. "Tuttavia" si disse, "quello che c'è da fare non è sempre ciò che conviene fare."

«Okay, allora sbrighiamoci.»

«Cosa?» sbottò Nadia.

«Sbrighiamoci. Facciamo in fretta.»

Iniziò a estrarre, il più velocemente possibile, cassetti e cassettoni, alla ricerca di qualcosa – di chissà cosa. Solo che non c'era niente di niente. Dopo pochi minuti, per un momento, dalle parti dell'hangar che avevano appena superato, intravidero un fascio luminoso. Il ronzio di un motore al minimo. Le luci dei fanali di un'auto.

«E se ci siamo sbagliati?» chiese Edo sfiduciato, dopo

aver passato in rassegna tutti i mobili senza trovare nulla. «Se non abbiamo capito cosa voleva dire Orfeo?»

Nadia si guardò attorno, anche lei scoraggiata. Il suo sguardo venne agganciato dal riverbero della luce del cellulare che si rifletteva nel vecchio specchio, appoggiato contro la parete del container. «Anche questo arriva dal bed & breakfast, vero? Era nella visione.»

«Ma cosa può nascondere uno specchio?»

«Però è nello specchio che abbiamo visto il suo volto.»

«Sì, ma...»

La luce dei fari scheggiò i pali del capannone. Le guardie notturne stavano venendo nella loro direzione.

«Proviamo a girarlo, dai» si affrettò a dire Nadia.

Edo la aiutò, lo capovolsero sopra una cassettiera.

«Vedi che non c'è niente?»

Il rumore del motore si fece più forte.

«Coraggio, togliamoci di qua prima che...»

«Aspetta!» fece Nadia. «Aspetta. E questa?»

Sotto la guida per ospitare il chiodo, la torcia illuminò una piccola e quasi invisibile protuberanza nell'intelaiatura. Sembrava scotch. Era scotch. Quello marrone da pacchi. Sembrava contenere qualcosa. Dopo averla staccata, si rivelò essere un parallelepipedo di plastica e metallo lungo tre dita e spesso una, diviso in due parti: la prima faceva da tappo-contenitore per la seconda.

La macchina dei vigilantes stava per arrivare.

Edo e Nadia si guardarono. Sapevano cosa avevano trovato.

Era una chiavetta USB.

## 24

# L'ETERNA LOTTA TRA IL BENE E IL MEGLIO

Camion della Kennet che entrano ed escono dalle cave; piani ravvicinati di alcuni uomini che aiutano i veicoli a fare manovra nel piazzale antistante; i tunnel sotterranei e la loro apparenza lattiginosa; la voragine di rifiuti. Era questo il contenuto della prima cartella, dentro la chiavetta: una carrellata di fotografie notturne che Cavenago, probabilmente, aveva scattato con il cellulare per provare i crimini dell'azienda. Non erano tornati a casa e si erano radunati subito dal maestro Leone. Edo era sempre più certo del fatto che sarebbe finito in punizione: non solo perché dopo tutti i fattacci di quel periodo si era allontanato per l'ennesima volta, ma anche per aver perso il cellulare. A quel punto, aveva pensato: rotte le uova, tanto valeva farci una frittata. Nadia cliccò per andare avanti e proseguire a scorrere le foto. «A quanto pare aveva tutto ciò che le serviva per denunciare l'azienda e chiudere la partita.»

Non ci misero troppo a guardare l'intero archivio, molte immagini erano identiche. Il loro significato era chiaro. Anche la seconda cartella conteneva informazioni che, seppur complesse e per loro in buona parte illeggibili, portavano nella stessa direzione: estratti di conti correnti che probabilmente, a occhi esperti, avrebbero dimostrato passaggi di denaro sporco ricavato dallo stoccaggio illegale dei rifiuti. Ciò che, invece, li lasciò senza parole, fu il contenuto della terza cartella, quella che Francesca Cavenago aveva chiamato "Costa Rica".

Conteneva solo due documenti. I quattro ragazzi e il maestro, accalcati davanti al monitor del computer, li lessero più volte e li esaminarono e riesaminarono come non credessero ai loro occhi. E in effetti era difficile crederci, anche se a differenza dei complessi file Excel che raccontavano le transazioni illegali della Kennet, quelli erano chiari come l'acqua del lago, d'inverno, lungo la scogliera alle spalle di Sette Case.

Il primo file conteneva gli estremi di un conto corrente online aperto da poco.

Il secondo, un biglietto aereo. Di sola andata. Per il Costa Rica.

Entrambi erano intestati a Roberta Bosso. Il nome con cui Cavenago si era registrata al bed & breakfast.

«Pensate ciò che penso io?» disse Nadia.

«Mi sa che Lia aveva ragione» sospirò Rachele.

«Non chiamarmi così... Comunque, sì. Purtroppo.»

«Maestro, tu che dici?»

«È doloroso ammetterlo, ma... li voleva ricattare. Francesca Cavenago aveva intenzione di ricattare la Kennet.»

«Già...» bofonchiò Liaqat. «Che delusione.»

«Quindi non voleva smascherarli» disse Nadia mordendosi un labbro e parlando più con se stessa che con gli altri. «Non cercava giustizia ma soldi. Con cui sparire in Sud America.»

«Centro» la corresse Edo, anche lui con aria triste. «Il Costa Rica è in Centro America.»

«Oh, chissenefrega» sbuffò Nadia. «In ogni caso dobbiamo denunciarla. Dobbiamo portare subito la chiavetta alla polizia e...» Aveva la voce piena di rabbia.

«E a Fontana che diciamo?» chiese Edo. «Che l'abbiamo trovata per strada?»

«No» rifletté Liaqat «gli dici...»

«Io?»

«Sì, Edo, tu. Gli dici che l'hai trovata nel bed & breakfast. È credibile. Mica deve sapere la storia dei mobili.»

«Voi siete matti...»

«E che altro vorresti fare?»

Ci rifletté sopra. «Perché non la facciamo avere a Ganna?»

«Chi?»

«La giornalista, quella dell'articolo. Quella di: "Speriamo che il suo esempio e il suo sacrificio continuino a ispirarci negli anni a venire". Ci scrive un pezzo dei suoi, e almeno domani tutti sapranno la verità.»

«Maestro?» chiese Rachele.

Leone, fino a quel momento, era stato insolitamente silenzioso, lo sguardo perso, rivolto dentro di sé. Tirò un lungo respiro. Quindi si allontanò dallo schermo del computer, in modo da poter guardare negli occhi tutti e quattro i ragazzi. «Siete sicuri che è quello che volete?» disse, con un tono che tradiva la fatica che gli costava esprimere la propria opinione – quella opinione.

Rachele corrugò la fronte. «Ossia?»

Liaqat strizzò gli occhi riducendoli a due feritoie ancora più sottili del normale.

Nadia aprì la bocca, ma non trovò parole su cui chiuderla.

Edo s'irrigidì. «Certo che vogliamo. Vogliamo arrivare alla fine del caso. Alla verità. Con tutta la fatica che abbiamo fatto, se penso che invece era solo una volgare ricattatrice...» aggiunse stringendo i pugni come stesse per affrontare Sacco. «Mi viene voglia...»

«Di fare cosa?» lo incalzò il maestro.

«Di farlo sapere» rispose sgonfiandosi. «La gente dovrebbe sapere tutta la verità, non solo un pezzo, giusto?»

Il maestro Leone si lasciò scappare un sorriso. «In teoria sì. Nella pratica, mio caro Edo, non sono convinto sia sempre la cosa migliore.»

I ragazzi si scrutarono increduli. Non riuscivano a capire dove volesse andare a parare.

«Vedete, negli ultimi giorni, a mano a mano che la notizia si diffondeva, da Acquamorta a Riva del Lago, e anche nel resto della nazione, questa donna sconosciuta si è trasformata in una specie di eroina. Un simbolo. Una martire. Sapete cos'è una martire?»

«Qualcuno che sacrifica la propria vita per un ideale più grande» disse Rachele.

«Esatto. Proprio quello. E i martiri sono dei simboli. Capaci di infondere coraggio e passione in chi resta a combattere una battaglia al posto loro. Ora, quello che vi chiedo, è: cosa cambierà se diciamo come stavano davvero le cose?»

I ragazzi non sapevano cosa rispondere; se ne stavano in silenzio, muti e confusi.

«Se diciamo come sono andate, la differenza sarà che tutti quelli che lottano per l'ambiente avranno perso un simbolo» fece Leone. «Avranno perso qualcosa, per meglio dire qualcuno, in grado di infondere forza. Se la gente continuerà a credere che Cavenago fosse come l'ha descritta Ganna, molti la prenderanno a esempio. Molti penseranno che è ancora possibile fare la cosa giusta, nonostante tutto. E magari qualcuno proverà a fare lo stesso, quando ne avrà l'occasione.»

«Ma è una bugia» obiettò Edo.

«Lo so. Ma dire la verità, o meglio, tutta la verità, in questo caso significa aggiungere a quanto già si conosce una cosa sola: smascherare una piccola, avida ricattatrice che, tra l'altro, non può più nemmeno difendersi. Se lo fate, e sia chiaro che lascio a voi la decisione e che l'appoggerò qualunque sia, questa storia verrà ricordata come l'ennesima vicenda da cui nessuno ne esce davvero pulito. Non avremo aggiunto nulla, anzi, avremo solo aggiunto bruttura alla bruttura. Mentre se deciderete altrimenti, chi ha a cuore la natura ne uscirà più forte. E non sarà colpa loro se crederanno in qualcosa che non è andato esattamente come pensano. Resterà un segreto. Lo sapremo soltanto noi.»

«Così come noi porteremo il peso della decisione» disse Rachele.

«Sì» disse il maestro.

«In effetti» commentò Edo, che iniziava a districarsi nel discorso, «se diciamo ciò che abbiamo scoperto, se lo rendiamo pubblico, distruggeremo la memoria di Francesca Cavenago anche agli occhi della sua famiglia.»

«Un altro aspetto cui pensare» fece Nadia.

«La scelta sta a voi, ragazzi» disse Leone; poi si stiracchiò e si diresse in cucina. «Vi lascio discutere, che ne dite? Io magari, intanto, faccio dell'infuso di tarassaco. E credo anche di avere del burro di arachidi, da qualche parte. Dove lo avrò messo?»

# EPILOGO

Ognuno di loro, quella notte, fu sul punto di farsi avanti e dire che no, la cosa giusta era rendere nota la verità. Non denunciandola avrebbero coperto una criminale e, in qualche modo, pensarono e dissero, si sarebbero sentiti complici. Ma nonostante il senso di colpa, nonostante i dubbi, decisero che a volte la scelta giusta non è la scelta migliore; che per raggiungere un fine più alto, può essere necessario scendere a compromessi.

Il maestro aveva parlato di faccende da cui nessuno esce davvero pulito. Insieme, decisero di farsi carico della sporcizia, lasciando al mondo una finta martire in più, forse una speranza, certamente un simbolo.

«Beato il mondo che non ha bisogno di eroi» sospirò il maestro, distribuendo le tazze con gli infusi e i tramezzini con il burro di arachidi.

Non capirono cosa volesse dire. Lo avrebbero intuito crescendo.

Due settimane dopo giunse il primo giorno di scuola. Alle sette e quarantacinque del mattino, con il lago coperto da un sottile strato di nebbia che galleggiava a venti centimetri dall'acqua, Edo, Liaqat, Rachele e Nadia arrivarono, insieme a una trentina tra coetanei e studenti più grandi, al molo di San Basilio, per prendere il battello che li avrebbe condotti a Riva.

Si videro, ma quasi non si salutarono.

Solo un'occhiata, di sfuggita. Un rapido cenno di riconoscimento. Di rispetto. Di complicità. Null'altro.

Liaqat era seduto sulla balaustra insieme a Cloro e Chupachups, lui silenzioso e dimesso, loro in fibrillazione, in cerca di qualche vittima. Studiavano i ragazzini di prima media che quel giorno erano accompagnati dai genitori; ma poi chissà, avrebbero iniziato a prendere il traghetto da soli, e allora.

Nadia aveva ritrovato una compagna della squadra di tuffi, appena tornata dalla Sicilia.

Rachele mostrava a due ragazzi più grandi, figli adottivi di una zia, la sorella della madre, le foto del nuovo cavallo, anzi, della cavalla, perché era una femmina. Sarebbe arrivata poco prima di Natale. L'avrebbe chiamata Morgana.

Edo discuteva con Sacco simulando dei jab. Il loro allenatore, il vecchio Marciano, il giorno prima, aveva osservato Edo allenarsi, lo aveva studiato a lungo, poi si era avvicinato e gli aveva detto che forse si era sbagliato. Nonostante il fisico non proprio adatto, da qualche parte un po' di talento c'era. Glielo aveva detto serio, come stesse parlando a un adulto, e Edo si era sentito orgoglioso come poche volte. «Mi piacerebbe vederti sul ring, in un incontro serio» gli aveva detto. Aggiungendo che a novembre ci sarebbe stata una manifestazione a Riva. Poteva essere un'occasione. Era di questo che parlava con Sacco. Già immaginava l'incontro. Lo simulava e gli mostrava i colpi con cui avrebbe messo al tappeto l'avversario.

La sirena del battello tagliò l'aria umida della mattina. Il sole stava facendo capolino da dietro le montagne. Prendendo posto all'interno Rachele vide che lo zainetto di Nadia aveva la cerniera aperta e glielo fece notare. Nadia la ringraziò con un sorriso.

Mentre si imbarcavano, mentre Cloro faceva lo sgambetto a Chupa facendola quasi cadere in acqua, il cellulare di Liaqat notificò l'arrivo di un messaggio.

Era Marta, diceva: *Dimostra chi sei. Buon primo giorno di scuola.*

# INDICE

I SEGRETI DI

# ACQUA MORTA

NOTTI DI PAURA

ANTEPRIMA

# A CASA D'ALTRI

Il commissario Fontana aveva il pregio più unico che raro di saper mettere d'accordo Rachele, Liaqat, Edo e Nadia: nessuno lo sopportava. Li trattava sempre con sufficienza, se non addirittura fastidio e, anziché riconoscere i loro meriti, non aveva perso occasione per ostentare il proprio potere. Oltretutto era stato proprio Fontana a indagare sulla scomparsa di Orfeo, senza ricavarne nulla e senza dannarsi più di tanto, pensavano i ragazzi. E il fatto che tra lui e Leone ci fossero vecchi rancori, di cui il maestro non aveva mai voluto parlare, non migliorava la loro considerazione nei confronti del commissario. E viceversa.

Fontana era di stanza a San Basilio: che ci faceva dall'altra parte del lago? Forse era stato chiamato per dare manforte ai colleghi di Riva, o forse era già in città per altre ragioni di servizio. In ogni caso non gliel'avrebbe fatta passare liscia. Era spuntato da dietro l'angolo di una delle palazzine e si avvicinava ad ampie falcate. I ragazzi cercarono una via di fuga, ma niente: ovunque fossero scappati, lui li avrebbe raggiunti o fatti bloccare dagli agenti.

«Stavolta avete davvero passato il segno» urlò il commissario. Altro che ramanzine, i suoi occhi mandavano fiamme peggio di un incendio.

D'istinto Edo ruotò la maniglia del casotto e la sentì cedere. Si aprì una lingua di nero nel bianco ghiacciato del cortile: ci scivolarono dentro tutti e quattro. Uno dopo l'altro si ritrovarono a scapicollarsi giù per una rampa di scale, il più veloce possibile per seminare Fontana. L'odore di fumo entrava nelle narici fin quasi a togliere il fiato.

«Che cavolo vi è saltato in mente?» chiese Rachele sbattendo contro la schiena di Nadia.

«Avevi idee migliori?» ribatté Edo, da qualche parte sotto di loro.

«Certo non di peggiori...» sibilò Liaqat, che soffriva di claustrofobia da quando era stato costretto a viaggiare per giorni nel doppio fondo di un camion.

«Da questa parte, venite.» Edo li attirò sulla destra, dove dovevano esserci i garage e dove a tentoni trovò una porta. La superarono e a quel punto si fecero luce con le torce dei cellulari e ciò che videro li lasciò senza fiato ben più della puzza, tanto che non notarono il messaggio del maestro Leone: *Sono arrivato in piazza D'Armi, dove ci vediamo?*, e non fecero caso ai tonfi sordi, come di un grosso peso che cade rovinosamente, e agli improperi che provenivano dalle scale. Fontana aveva deciso di seguirli e doveva essere inciampato.

«Che disastro» mormorò Rachele.

Erano le cantine, ma sembrava di camminare dentro un camino. Il nero della fuliggine era appiccicato alle pareti e al soffitto, il pavimento era coperto di cenere, e il puzzo di fumo era ancora ovunque.

«È questo» disse Nadia. «Il corridoio della visione.»

«Cerchiamo di toglierci di qua» mormorò Liaqat provando a non tradire nella voce i brividi di terrore che gli galoppavano lungo la schiena.

Si coprirono bocca e naso alla bell'e meglio, con la sciarpa, con il berretto, o alzando il bavero della giacca e incassando il collo. Il commissario Fontana doveva aver desistito, perché non sentivano più rumori alle loro spalle.

I fasci di luce dei cellulari scivolavano su forme lugubri e ormai difficilmente riconoscibili, se non per rare eccezioni: lo scheletro metallico di un letto, i telai di un paio di biciclette, un elettrodomestico. Questo, per lo meno, era ciò che vedevano Liaqat, Edo e Rachele.

Per Nadia il discorso era diverso.

Molto diverso.

A lei alle volte bastava chiudere gli occhi per sentire il mondo attorno a sé. Non i rumori del mondo, che tutti potevano ascoltare, ma qualcosa di più profondo, legato ai fili che tengono insieme l'universo e che, se non a tutti era dato riconoscere, non significava non esistessero. Mentre a lei permetteva di avere coscienza dei luoghi. Chi li aveva abitati. Chi attraversati. E quelle cantine a Nadia apparivano ben più lugubri che agli altri, per ciò che erano state: rifugi abitati da persone, e tuttavia troppo miseri per poter essere chiamati case.

«E ora?» chiese Rachele nel punto in cui il corridoio si divideva in un bivio.

Liaqat parlò in *dari* e gli altri non compresero, ma dal tono aveva tutta l'aria di essere un'imprecazione. Edo si allontanò di qualche passo ma tornò subito indietro.

Nadia intanto continuava a indugiare, lasciandosi trasportare tra i mobili malconci raccattati qua e là, i materassi buttati a terra uno a fianco all'altro, i rifiuti ammassati, non lontano dai vestiti sporchi e dalle bacinelle per lavarsi in assenza di acqua corrente. Nonostante tutta quella miseria, tra le parole che sentiva nella testa, ora sussurrate, ora gridate, a un certo punto le sembrò di sentire alzarsi anche delle risa di bambini che si rincorrevano da una stanza all'altra, per poi trasformarsi in grida di paura. Le loro corse festose divennero fughe affannate tra dense volute di fumo, e allora Nadia si rese conto di rivivere il momento in cui era scoppiato l'incendio. Posò una mano contro una parete, con le dita ne percorse le irregolarità, fino a quando le volute di fumo diventarono ombre, che cercavano di uscire da lì, di mettersi in salvo.

«Di qua» disse agli altri. Li guidò tenendo la mano appoggiata al muro, percorse l'intera galleria successiva, quindi svoltò due volte a sinistra dopodiché, finalmente, raggiunsero una rampa di scale, non troppo diversa da quella da cui erano scesi. Le ombre fuggivano in cerca di una via d'uscita.